Paul D. Bartsch

Große Brüder werfen lange Schatten

Novelle

Paul D. Bartsch

Große Brüder
werfen lange Schatten

Novelle

Impressum

Bibliografische Information der Deutschen Nationalbibliothek:
Die Deutsche Nationalbibliothek verzeichnet diese Publikation
in der Deutschen Nationalbibliografie; detaillierte bibliografische Daten sind im Internet über http://dnb.dnb.de abrufbar.

Satz & Korrektorat: HomeOffice am Klausberg

© 2023 Paul D. Bartsch, Halle (Saale)

4. durchgesehene und korrigierte Auflage

Herstellung und Verlag:
BoD – Books on Demand, Norderstedt

ISBN: 978-3-7347-3353-6

10,00 €

Im zeitigen Frühjahr des Jahres 1970 erreichte ein Gerücht unsere ost-
deutsche Provinz, wonach eine der seinerzeit erfolgreichsten englischen Beat-
gruppen – die Hollies – eine Einladung zu Konzerten in der DDR, zu-
mindest aber für ein Testgastspiel in unserer Hauptstadt Berlin angenom-
men hätte. Seither stellt sich mir immer wieder die Frage, ob die Ereignisse
der folgenden Tage dadurch ausgelöst wurden oder lediglich zufällige Begleit-
erscheinungen gewesen sind. In jedem Fall hebt sich dieses Zusammentreffen
noch immer deutlich vom Hintergrund beliebig verschwimmender Erinne-
rungen ab. Also schreibe ich, um zu erfahren.

I

Zunächst deutete nichts auf eine spektakuläre Neuig-
keit hin, als wir Fahrschüler und die Hiesigen nach den
Winterferien wieder vor der Oberschule der Kreisstadt
eintrafen. Wir standen im schmutzigen Schnee vor dem
noch verschlossenen, dunklen Schulgebäude, dort die
Mädchen, hier die Jungen, zudem nach Schuljahrgängen
getrennt, und es gab in unserer Gruppe zunächst die übli-
chen prüfenden Blicke, ob in den zurückliegenden zwei
Wochen die Haare der anderen deutlicher gewachsen waren als die eigenen. Die beherrschenden Themen unserer
Jungmännergespräche waren die gerade in der Hohen
Tatra zu Ende gegangene Skiweltmeisterschaft mit dem
überragenden sowjetischen Schanzenpiloten Gari Na-
palkow, jene zusätzliche Million, die im Lotto „6 aus 49"
zu gewinnen gewesen war, und nicht zuletzt die Frage, ob
im neuen DEFA-Film „Zeit der Störche" die blonde
Schauspielerin Heidemarie Wenzel nun nackt zu sehen
sein würde oder nicht. Da zu dieser Zeit – ich besuchte die
zehnte Klasse – zumindest die öffentlichen Gespräche unter uns Schülern in doch deutlicher Trennung der

Geschlechter stattfanden, war es umso verwunderlicher für mich, dass dieses uns Jungen in der Folge so stark beschäftigende Gerücht von einem Mädchen ausgegeben wurde: Frauke aus einer der Parallelklassen – nur den Chemiekurs hatten wir seit einem halben Jahr gemeinsam – hatte es gestreut wie Pfeffer auf den Schwanz des zu fangenden Hasen. Zielgerichtet also, wohl wissend, dass unser Echo auf diese Mitteilung größer sein würde als das ihrer Freundinnen, die eher auf Roy Black standen und Michael Holm oder – und mein Mitschüler Jan-Uwe Klein-Schmitt als Sohn eines in der Stadt ziemlich bekannten Psychiaters nannte es schon damals ein Zeichen verdrängter Vaterkomplexe – tatsächlich für Freddy Quinn schwärmten. Es gab ja bereits diese albernen Musikfilme, und obwohl das Westfernsehen offiziell geächtet war, machte sich doch um 1970 herum niemand mehr die Mühe, die Ausrichtung der Fernsehantennen gradgenau nachzumessen, ob sie nun dem Sendemast auf dem Brocken galt oder dem des bei klarem Wetter ebenso gut sichtbaren Torfhauses. Nur die Zwillinge Marianne und Waltraud Fehling konnten da gar nicht mitreden, weil sie noch nicht mal Michael Hansen kannten oder Thomas Lück. Sie hatten kein Fernsehgerät zu Hause, lasen weder *Junge Welt* noch *Neues Leben*, und es hieß, ihre Eltern seien Zeugen Jehovas. Keiner meiner Freunde – Maikel mal ausgenommen – konnte genau sagen, was das bedeutete. Es interessierte uns auch nicht weiter, denn die Zwillinge waren dürr, hatten geflochtene Zöpfe, trugen dickglasige Brillen und waren vorn noch flach wie ein Brett. Nach der zehnten Klasse würden sie ohnehin von der Schule abgehen, hatten sie zu Beginn dieses Schuljahres still und einträchtig mitgeteilt.

Was das Gerücht so glaubwürdig machte, war die Tatsache, dass Frauke es eigentlich nicht nötig hatte, durch derart spektakuläre Mitteilungen Aufmerksamkeit zu erregen. Sie war der erklärte Schwarm bis hinauf zum Abiturjahrgang, hatte den noch immer anhaltenden und nicht eben milden Winter im kürzesten Mini der Schule durchgestanden, und Thalmann, der grauputzige Chemiepauker, holte sie immer als erste an die Tafel, weil sie dann ganz oben anschreiben musste. Ich war mir ziemlich sicher, dass der Anblick ihres straffen Pos neben dem Periodensystem der Elemente nicht nur meine pubertären Phantasien bis hierhin stark geprägt hatte.

Frauke war also, noch bevor das Schultor geöffnet wurde, auf unsere Jungengruppe zugegangen. Eigentlich ein ziemlich unerhörter, wenn nicht provokanter Vorgang. Unser Gespräch hatte sich, nachdem der Totalausfall unserer Skispringer um den enttäuschenden Horst Queck nichts mehr hergab, wohl gerade um den *Sperber* gedreht, ein neues vom VEB SIMSON Suhl produziertes Halbmotorrad. Keiner von uns hatte es bisher in Natura gesehen, doch Franzheinrich, der Sohn des LPG-Vorsitzenden aus meinem Nachbardorf, teilte stolz mit, dass sein Vater bereits eine Kaufoption (er benutzte tatsächlich dieses Wort, das einige Rückschlüsse auf den häuslichen Umgangston zuließ) besäße, die zu seinem anstehenden 16. Geburtstag fällig werde und ihn, den kraft seiner privilegierten Geburt bereits mit allen erdenklichen Fahrkünsten vom Lanz-Bulldog über den Universal-Geräteträger RS-09 bis hin zum Trabant-Kübelwagen Vertrauten, in den Stand versetzen würde, den täglichen Schulweg motorisiert zu absolvieren. Nach dieser Eröffnung war neidvolles Schweigen eingetreten, das nicht nur der künftige Besitz schlechthin verursacht hatte, sondern auch die wirklich beneidenswerte Tatsache, dass Franzheinrich dadurch morgens eine halbe Stunde länger als die meisten anderen Fahrschüler würde schlafen können. Und außerdem – so kam es mir wie von ungefähr in den Sinn, als ich zwischen den Pilzfrisuren meiner Mitschüler hindurch Frauke auf uns zukommen sah – außerdem sollte dieser Sperber ein ziemlich ausgewachsener Zweisitzer sein!

Wir standen also stumm, und jeder machte sich so seine Gedanken. Frauke sah zuerst meinen Freund Michael Lohmann-Kirszenstein an, der schon bei den *SATURNS* mitspielen durfte, obwohl er mit 15 offiziell noch gar keine Spielerlaubnis bekam. Sein Bruder Markus, Kapellenleiter und Organist der *SATURNS* und über zwanzig, hatte aber beim Kreiskabinett für Kulturarbeit eine Ausnahmegenehmigung erwirkt, die allerdings nur für das örtliche „Haus der Jugend" galt und nur bis 22 Uhr. Trotzdem war Maikel – die frühe Gelegenheitskarriere als Beatmusiker hatte längst für die Anglisierung seines Namens gesorgt – der wohl bekannteste Zehntklässler unserer Penne, und irgendwie war zu erwarten gewesen, dass Frauke ihn zuerst anschauen würde. Mist, sagte mir ein neuer Gedankenblitz, du hast weder 'n Sperber noch die *SATURNS* in Aussicht.

Noch immer war Schweigen, und dann geschah das völlig Unerwartete: Frauke spitzte ihren Mund – meine Gedankenblitze funkten nun endgültig Kurzschluss! – und pfiff eine Melodie. Es war noch kühl an diesem Februarmorgen, und im diffusen Dämmerlicht war es ein unwirklicher Anblick, wie sich die kondensierte Spur ihres Atems punktgenau dem Gesicht Maikels näherte. Jetzt weiß ich, ja: Es machte den Eindruck, als hätten die zarten, für ein Mädchen wirklich erstaunlich rein gepfiffenen Töne plötzlich materielle Gestalt angenommen als die federleichte, wolkige Spur eines Amorpfeils.

Frauke brach ab, der Luftstrom erstarb zwischen ihren Lippen, die sie Maikel noch immer wie zum Kuss entgegenhielt, und dieser öffnete seinen Mund und sagte leise vier Worte: „The road is long ...“

Ah, Gott sei Dank, die ersten Verbindungen in meinem Hirn waren wieder hergestellt. Synapsen, fiel mir völlig überflüssigerweise in diesem Moment dafür ein. Den meisten von uns schien sich das Puzzle noch nicht zu fügen, doch ich hatte plötzlich das Bindeglied zwischen der zarten Melodie und diesen vier Worten gefunden: „Ahhh ... die *Hollies*“, brachte ich heraus, und es klang merkwürdig gekrächzt, passte also gar nicht zu deren Musik und ihrem Überflieger-Hit des letzten Winters, dieser wohl vier Minuten und damit ungeheuer langen Ballade der zwischenmenschlichen Solidarität. *He ain't heavy, he's my brother.*

„Kannst du das nachspielen?“, fragte Frauke und nahm damit immerhin Bezug auf meine Äußerung. Äußerlich blieb sie allerdings auf den angehenden Stargitarristen fixiert.

„G-Dur“, sagte Maikel leichthin, „Ich spiel's aber in D-Dur, sonst ist es zum Singen zu hoch. Dann A, G und e-moll, ein verminderter Septakkord und so weiter. Brauchst du die Klavierstimme?“

„Wäre nett, Michael“ – Frauke sprach den Namen hochdeutsch aus, was mich irgendwie freute. Vielleicht war sie doch noch nicht ganz verloren an den kommenden Star. „Ich kann dir dafür den Text geben.“

„Hab ich mir schon vom Tonband runtergeschrieben", blockte Maikel zu viel Hingabe geschickt ab. Frauke verzog die Mundwinkel nur ganz leicht.

„Den sollte Mrs. Heintze vielleicht nicht unbedingt korrigieren dürfen", meinte sie in deutlicher Anspielung auf die mangelnde Korrektheit der *SATURNS*-Texte, die den Besten des Englischkurses von Frau Heintze wohl hin und wieder körperliche Schmerzen zufügten bei den Tanztee-Veranstaltungen unserer Schule. Die fanden im zweiwöchigen Abstand donnerstags in der Aula statt, und natürlich standen die *SATURNS* regelmäßig auf der ansonsten dem gemischten Chor vorbehaltenen dunklen und ölig gedielten Bühne.

„Ich hab ihn aus der *BRAVO*", setzte Frauke hinzu und genoss die elektrisierende Wirkung des Zauberwortes.

„Hast du ihn *aus* der *BRAVO* oder hast du *die ganze BRAVO*", fragte ich mit trockenem Hals. Vielleicht wurde ich ein bisschen rot, denn was ich über Petting, Selbstbefriedigung und Orgasmus wusste, hatte ich zuallererst Dr. Sommer zu verdanken, genauer gesagt den wenigen zerfledderten Elaboraten des Jugendberaters, die nach zähem Handel in meinen Besitz gelangt waren, um nach intensiver Lektüre noch der nebensächlichsten Seitenzahl an andere weitergetauscht zu werden.

„Ich hab die ganze *BRAVO*", sagte Frauke, und den ohnehin schon deutlichen Unterton in ihrer Stimme begleitete ein mich durchschauender Blick. Also, jetzt war ich rot, auf alle Fälle. Zum Glück wurde eben das Schultor geöffnet. Es quietschte kriminell nach der vierzehntägigen Ruhe, als wollte es sich über diesen Willkürakt des Hausmeisters Alwin Berg beschweren. Ich war Berg dankbar, ich mochte ihn wohl nur dieses einzige Mal während meines Schülerlebens. Ansonsten verpfiff der mürrische Kerl unsereinen ständig beim Aufsichtslehrer: unerlaubtes Verlassen des Schulhofes, Rauchen auf der Toilette, Behinderung der Mädchen beim Passieren der Türen und so weiter, die übliche Palette willkürlicher Machtausübung kraft eines Amtes. Ich lächelte Berg heute sogar zu, als wir an ihm vorbeidrängten, und er guckte wirklich verdutzt. Vielleicht dachte er, meine Freude über den Wiederbeginn der Schule war so unbeherrschbar groß.

Irgendwie war Frauke beim Geschiebe an der Tür zwischen uns geraten, Maikel links, ich rechts, und so musste ich es einfach hören, dass Frauke zu Maikel sagte: „Sie spielen übrigens bald in Berlin. In Ost-Berlin", setzte sie betont in dem Moment hinzu, da sich unsere Wege in die Klassen trennen mussten, und sie hatte sich dabei rasch und verschwörerisch umgesehen. Ich stolperte auf der Treppe gegen Maikel, und der guckte mich genauso verblüfft an wie ich ihn. Die *Hollies* in Ost-Berlin. Das war doch mal ein Schulhalbjahresauftakt nach Maß!

II

Die ersten beiden Stunden bis zur Hofpause tropften zäh. Zunächst summte ich in Physik nacheinander alle Hits der *Hollies*, die ich kannte, in mich hinein. Bei einer durchschnittlichen Titellänge von reichlich drei Minuten müsste es also nach einem guten Dutzend klingeln, sagte ich mir. Nach *Bus Stop, On A Carousel, Carrie Anne* und *Jennifer Eccles* hatte ich aber schon einen leichten Durchhänger.

Außerdem musste ich ein paar Formeln von der Tafel übernehmen. Dann fiel mir das Bob-Dylan-Cover ein: *Blohohohohowin' in the Wind*, mit diesem Schlagzeugwirbel kurz vor Schluss, den ich – innerlich angekommen an der betreffenden Stelle – mit zwei Stiften wohl etwas zu laut auf die Schulbank trommelte. Schmittchen schaute irritiert von seiner Versuchsanordnung auf und sagte scharf und unlogisch: „Hört mir hier bitte jemand nicht zu?!"

Listen to me, dachte ich dankbar, senkte unschuldig den Blick ins Heft und ließ es im Inneren weiter singen. Das Klingeln unterbrach mich mitten in *Sorry Suzanne*, und da fiel mir ein, dass *Stop, Stop, Stop* noch ausstand und ich nach der nur kurzen Pause damit zumindest die Staatsbürgerkundestunde beginnen konnte.

Die Grundlage für normale Beziehungen zu anderen Staaten kann nur die Anerkennung der vollen Souveränität unserer Deutschen Demokratischen Republik sein! schrieb unsere Klassenlehrerin Frau Schimmelpfennig bereits während der Pause an die Tafel unseres Klassenraumes. Bei den Worten *nur* und *vollen* brach ihr jeweils die Kreide ein Stück ab. Ich bekam *Stop, Stop, Stop* nicht aus dem Kopf und nickte erfreut, als Maikel mich fragte, ob wir in Stabü eine neue Liste aufstellen wollten.

„Nur aktuelles oder auch zurück?" fragte Annette, die hinter uns saß.

„Höchstens drei Jahre, drei Jahre zurück", antwortete Maikel, der genau wie ich wusste, dass Annette auf alten Rock'n'Roll stand, *Buddy Holly, Little Richard, Peter Kraus* und *Elvis Presley*. Manches war ja nicht schlecht, Maikel hatte die Anfangsgitarre von *Sweet Little Sixteen* ganz gut drauf, aber insgesamt lehnten wir es ab, damit unsere Hit-listen zu belasten. Ich hatte inzwischen eine Doppelseite innen aus meinem Matheheft getrennt.

„Dreißig oder fünfzig?"

„Dreißig", sagte Maikel bestimmt. „Dann bringen die Mädels nicht so viel Schmalz mit rein."

Marlene, Annettes Nachbarin, kniff die Augen böse zusammen. „Wenn Andy Kim nicht draufsteht, mache ich nicht mit. Und Tommy Roe muss auch."

„Sonst stimmt eure Wertung nicht", flüsterte Annette eifrig. „Wenn die stimmen soll, braucht ihr hundert Prozent als Basis."

„Wir machen doch hier keine Gruppenratswahl", zischte Maikel in das Klingelzeichen hinein. „Uns reicht einfache Mehrheit, wie in der Demokratie ... Freund-schaft!"

Er war gerade rechtzeitig zu Ende gekommen, um mit den Stimmen des Klassenverbandes Frau Schimmelpfennig auf ihren Gruß zu antworten. Wir grinsten beide beim Hinsetzen.

„Heute wollen wir über diese Aussage hier ... diskutie-ren", sagte Frau Schimmelpfennig mit einer bedeutsamen Pause vor dem letzten Wort, zugleich auf die Kreideschrift hinter ihr weisend. Sie legte Wert darauf, ständig mit uns Schülern zu diskutieren. Der Staatsbürgerkundeunterricht, konnte sie manchmal unvermittelt sagen, unterscheide sich dadurch von allen anderen Fächern, dass diskutiert werden könne. An zwei-mal-zwei-ist-vier sei schließlich nichts zu diskutieren, war ihr Standardargument. Und auch nicht darüber, dass Pawel Kortschagin nun mal ein leuchtendes Vorbild sei. Aber hier!

„Versetzt euch in die Lage, jemandem, der fremd ist, mit dem Leben in unserem Land also nicht vertraut, die Schwerpunkte dieser Aussage benennen zu wollen, etwas hervorzuheben, zu unterstreichen – was würdet ihr tun?"

Frau Schimmelpfennig starrte etwas überrascht auf meinen erhobenen Finger. „Ja, Thomas?"

Ich erhob mich nur halb aus der Bank und sagte: „Eigentlich ist diese wichtige Grundaussage unserer sozialistischen Politik in sich fest gefügt. Sollte ich trotzdem etwas hervorheben, würde ich *nur* und *vollen* unterstreichen. Wir können uns doch nicht mit faulen Kompromissen zufriedengeben?!"

Frau Schimmelpfennigs hübsche weiße Bluse hob und senkte sich einmal, bevor sie: „Danke, Thomas", sagte. „Und wie ist Ihre Meinung, Michael?" „Ich bin derselben Meinung wie Tom", sagte Maikel ruhig und blieb sitzen.

„Dann begründen Sie diese bitte auch, damit wir diskutieren können", sagte Frau Schimmelpfennig spitz.

III

Die Klingel zur Hofpause beendete die Diskutierstunde, die im Ergebnis die vollständige Bestätigung der Tafelthese erbracht hatte. Dazu allerdings hatten wir geradezu exotische Umwege gebraucht, die bis Kambodscha führten, das vor einem Jahr als erster nichtsozialistischer Staat die DDR offiziell anerkannt hatte. Eine Erklärung

Walter Ulbrichts vom Januar war von Frau Schimmelpfennig vollständig aus dem *Neuen Deutschland* vorgelesen worden. Der Artikel klang so, als hätte Walter den Satz, der an der Tafel stand, mit einer Teigrolle ausgewalzt. Gerichtet, so hatte Frau Schimmelpfennig zu bedenken gegeben, seien diese vielen klaren Worte unseres Staatsratsvorsitzenden nicht etwa nur an Willy Brandt, der im Jahr zuvor als erster SPD-Politiker Kanzler der westdeutschen Bundesrepublik geworden war, sondern zugleich an all jene – auch hierzulande, betonte sie –, die glaubten, durch Brandt wäre die BRD gleich ein bisschen weniger imperialistisch als zuvor.

„Erinnert euch an 61, als wir den antifaschistischen Schutzwall in Berlin errichten mussten", gab sich Frau Schimmelpfennig den Anschein, als habe auch sie seinerzeit die Mörtelkelle geschwungen. Sie vergaß dabei wohl, dass wir damals grade sieben waren. „Erinnert euch – da hat dieser Brandt als Bürgermeister von Westberlin seine Haltung zur Deutschen Demokratischen Republik offenbart."

„Also – Wachsamkeit, Genossen, nun kommt der Wolf im Schafspelz daher!" Das hatte allerdings nicht Frau Schimmelpfennig gesagt, sondern Maikel zu mir, und zwar ganz leise.

„Bitte!" sagte Frau Schimmelpfennig jetzt beschwörend, denn sie selbst hatte die Uhr aus dem Blick verloren; „bitte übertragt den Satz noch in eure Hefte. Er ist eine Bastion und wird für euer künftiges Leben entscheidend sein!"

Wenn sie uns allgemein ansprach, dann verfiel sie gern in ein unpersönliches Duzen. Direkt hielt sie sich natürlich an das Sie. Schließlich diskutierte sie mit uns den Wert der Persönlichkeit, die Rolle des einzelnen in der Gemeinschaft, die Achtung des Menschen vor dem Menschen. Dazu gehörte es, die Regeln zu beachten.

„Die unbesiegbare Inschrift", flüsterte Maikel mir zu, während er die Worte ins Heft kritzelte. Es war eine Anspielung auf eine Erzählung, die wir vor längerem im Literaturunterricht durchgenommen hatten: Erst das Einreißen der Gefängnismauern, in die jemand einen heroischen Spruch geritzt hatte, konnte diesen aus der Welt schaffen. Und das Gefängnis dazu – tiefe Symbolik.

Auch in meinem Heft geriet der Satz unleserlich, doch wir hatten ihn ja alle durch die Diskussion verinnerlicht. Und selbst Frau Schimmelpfennig hätte das als Argument gelten lassen für die mangelhafte Einhaltung der Form.

Unsere Liste war natürlich nicht fertig geworden. Daran war nicht nur Frau Schimmelpfennigs Diskutierwut Schuld. So eine Liste wollte gut überlegt sein, gerade wenn man sich auf dreißig Titel beschränken musste. Immerhin, die Linien hatte ich gezogen, die Tabelle war vorbereitet mit dreißig Zeilen und etlichen Spalten, und quer über dem Blatt stand *30 Greatest Of The Last Three Years*. Nun galt es, diese Titel in einer Vorauswahl zu bestimmen und ihnen je eine Zeile zuzuweisen. Dann konnten die Teilnehmer der Befragung den Titeln Punkte geben. Jeder, der mit machte, hatte 15 Punkte. Die Verteilung war seine Sache. Wenn zum Beispiel Peter Müller der Meinung war, *Painter Man* von den *Creation* sei der absolute Hammer, vor, nach und neben dem es sowieso nichts geben konnte, gab er *Painter*

Man eben alle 15 Punkte. Peter hatte dem Titel bisher immer alle seine Punkte gegeben. Sein Vater war Malermeister in der städtischen PGH, und irgendwie fühlte sich Peter offenbar besonders angesprochen bei dem *Who Could Be A Painter Man.*

Andere teilten ihre Punkte fein säuberlich auf: drei mal fünf, fünf mal drei, auch fünfzehnmal einen. Die Auswertung besorgten Maikel und ich dann durch einfache Addition, deren Summe nach Division durch die Teilnehmeranzahl der Umfrage einen Durchschnittswert je Titel ergab. Musikalische Arithmetik also. Das organisierten wir ziemlich regelmäßig, seit wir in der 9. Klasse der Oberschule nebeneinander zu sitzen kamen und bald befanden, dass wir in den Grundfragen unserer Weltanschauung ziemlich übereinstimmten. So etwa in der Frage, ob die *Beatles* besser seien oder die *Rolling Stones.* Für uns keine Frage: Natürlich, die *Rolling Stones.* Die *Beatles* trugen schon immer Krawatten und ließen sich mit königlichen Orden behängen. Mick Jagger, so behauptete Maikel zumindest, ohne die Quelle seines Wissens genau angeben zu können, lehne Krawatten mit der schlüssigen Begründung ab, sie würden ihm ständig in der Suppe rumhängen. Das gefiel uns, das hatte doch Stil! Und wann hatte man die *Beatles* das letzte Mal irgendwo auf einer Bühne gesehen? Gut, John Lennon, den ließen wir gelten. Der machte in letzter Zeit sowieso mehr seins. Aber sonst war da nicht mehr viel seit *Hey, Jude,* und das entscheidende Eigentor hatten sie sich in unseren Augen mit *Ob-La-Di-Ob-La-Da* geschossen. Das doofe Stück leierte sich durch unser erstes Jahr an der Penne. Zum Abgewöhnen. Glücklicherweise kam es nie auf Platz eins der Hitparade bei Radio Luxemburg. Und es gab da eben zur selben Zeit *Jumpin' Jack Flash,* das dort zwar auch nie auf Platz eins gelangte, aber uns zeigte, was möglich war.

Unsere trotzige Verehrung für die *Stones* (wir waren in der Klasse damit eindeutig in der Minderheit) hatte sich dann geradezu rauschhaft übersteigert, als der *Deutsche Soldatensender* unmittelbar zu Beginn der letzten Sommerferien den Tod von Brian Jones verkünden musste. Ersoffen in seinem Swimming Pool, unfassbar. Eigentlich war er ja sowieso gefeuert bei den *Stones*, doch in solch einem Moment spielt das keine Rolle (am letzten Schultag hatte ich noch meinen Freunden verkündet, über die Ferien meine dünnen blonden Strähnen in eine Pony-Frisur nach dem Vorbild von Brian Jones hineinwachsen zu lassen!).

Mit einigen anderen aus der Klasse waren Maikel und ich am auf die Todesnachricht folgenden Abend nach Dornbeck zu Franzheinrich, der als einziger über ein Wasserbecken im Garten verfügte, gefahren, um Brian so nah wie möglich zu sein. Wir hatten die Fahrräder im Hof einfach fallengelassen, saßen am Pool, ein Feuer brannte, und da der Dorfkonsum irgendwie auch zur LPG und damit beinahe Franzheinrichs Vater gehörte, war es sogar möglich gewesen, am Gesetz zum Schutze der Jugend vorbei einen Kasten Bier zu organisieren. Franzheinrich hatte mehrere Verlängerungskabel bis zum Stallgebäude zusammengesteckt, so dass sein Tonbandgerät direkt neben uns stehen konnte, und wenn auch der im Plastegehäuse eingebaute Lautsprecher ziemlich schnarrte und die Qualität der zum Teil mehrfach überspielten Mittelwellenaufnahmen ohnehin nicht besonders hoch war, meinten wir doch jene Passagen herauszuhören, die Brian Jones gespielt hatte in *The Last Time* und *Heart Of Stone, Street Fightin' Man* oder *Mother's Little Helper*. Franzheinrich hatte zunächst auf leeren Bierflaschen, einem Topf und dessen Deckel den Takt mit geklopft und dann seine Gitarre aus dem Haus geholt, aber irgendwie hatte Maikel keine rechte Lust gehabt zum Mitspielen. Er schob es auf die schlechte Saitenlage des Instruments. Die Nacht war lau geblieben, irgendwann hatten wir uns in Decken gerollt rings um das runterbrennende Feuer, von dem sich hin und wieder einzelne Funken lösten und in den schwarzen Himmel flogen. Da sitzt jetzt Brian und zeigt den Englein, was 'ne Harfe ist, hatte Maikel unter der Decke neben mir gelallt. Ich musste mich nachts zweimal rauswickeln und erreichte den Misthaufen am Ende des Gartens mit Mühe. Da niemand das Tonbandgerät ausgeschaltet hatte, drehte die rechte Spule längst leer, und das Bandende klatschte leise und monoton gegen die Tonkopfverkleidung. Als wir am Morgen erwacht waren, taten Kopf und Rücken ziemlich weh. Der Bierkasten war im Übrigen noch beinah halb voll, und wir ahnten, dass auch der Tod seine guten Seiten hat. Seit damals glaube ich jedenfalls, er führt manchmal Menschen zusammen und macht sie irgendwie sanfter als gewöhnlich.

Am übernächsten Tag berichtete der *Deutsche Soldatensender*, die *Rolling Stones* hätten mit ihrem neuen Gitarristen Mick Tayler im Londoner Hyde-Park ein kostenloses Konzert im Gedenken an Brian Jones gegeben. Mick Jagger habe dabei ein Gedicht von Shelley vorgelesen. Mir sagte Shelley wenig, und im „Guten Buch" gab es nichts von ihm zu kaufen. Maikels Bruder Markus klärte uns dann auf, und wie: Shelley sei ein englischer Dichter, der vor hundertfünfzig Jahren in Italien ebenfalls ertrunken sei. Einer, der Revolution, Anarchie und Romantik in seinem Werk und seinem Leben verbunden habe. Die Zukunft der

Menschheit, sagte Markus, liege bei Shelley in der Entfesselung des Prometheus. Überdies sei doch bemerkenswert, dass der jüdische Dichter Franz Kafka an eben jenem 3. Juli 1969, dem Todestag von Brian Jones, vierundachtzig Jahre alt geworden wäre. Oder?!

So war Markus. Er hatte sich nach seinem Abitur um einen Studienplatz für Philosophie bemüht. Das ging angeblich nicht ohne den Ehrendienst als Soldat auf Zeit bei der Nationalen Volksarmee. Danke, dann eben nicht, Theologie bleibt mir immer noch, habe Markus gesagt, so Maikel. Und seitdem spielte er die Orgel samstags abends bei den *SATURNS* und sonntags früh bei den Gottesdiensten seiner Mutter.

Was Markus über Shelley sagte, machte mir einigen Eindruck und war doch mit 15 schwer zu verstehen. Lauter Tote – merkwürdig. Ich kannte auch diesen Kafka nicht. Jonathan Hegenbarth fiel mir ein, unser Deutschlehrer. Doch andererseits hatten ja gerade die Sommerferien begonnen ...

Noch vor Frau Schimmelpfennig drängten wir also aus der Klasse, um auf den Schulhof zu gelangen. Doch mit jeder Treppenstufe abwärts sah ich Probleme auf uns zukommen.

„He, wir können doch nicht einfach so hingehen und sie fragen wegen der *Hollies*", sagte ich in der Schultür und blinzelte in die blasse Februarsonne.

„Kannst du nicht was über Chemie erfinden?", gab Maikel so rasch zurück, dass ich merkte, er hatte sich ebenfalls bereits mit der möglichen Annäherung an Frauke beschäftigt.

Na ja, besonders glücklich war ich nicht darüber. „Schließlich hat sie dich angesprochen vorhin", meinte ich kleinlaut.

„Ich komm ja mit", antwortete Maikel großmütig. „Gemeinsame Sache, Alter, wie immer. Es geht um die *Hollies* in Ost-Berlin!"

Manchmal ist dann alles viel einfacher als man denkt. Frauke schien auf uns gewartet zu haben und kam quer über den Schulhof geradewegs auf uns zu. Den knöchellangen Mantel mit Pelzsaum trug sie jetzt offen, und ihre Knie hüpften bei jedem Schritt unter dem karierten Minirock hervor. Dazu weiße Söckchen über der Feinstrumpfhose und rote Lackschuhe mit Schnalle, und das Ende Februar! Junge, Junge. Ich war den *Hollies* schon jetzt dankbar für ihre grandiose Idee.

Auch Maikel merkte, dass wir offenbar keinen Umweg über Chemie brauchten. Während ich noch einen vorsichtigen Rundblick riskierte, um zu sehen, wie viel Aufmerksamkeit dieses ungewöhnliche Treffen zwischen den Geschlechtern beim restlichen Schulvolk fand, steuerte er forsch aufs Ziel los. Da er mehrfach seine dunklen Locken mit der linken Hand durchfuhr und an ihnen noch beim Reden zog, wusste ich, dass natürlich auch er nervös war.

„Aus der *BRAVO* hast du's?", vergewisserte sich Maikel. „Wie alt ist die?"

Wir waren es gewöhnt, wenn überhaupt, dann Hefte mit mindestens vierwöchiger Verspätung kennenzulernen. Man war abhängig von Großeltern, die reisen konnten, oder von Westverwandten, die zu Besuch kamen. Beide Wege waren mit Unwägbarkeiten gespickt. Anträge mussten gestellt, doch Ablehnungen nicht begründet werden. Die vor einem Jahr eingeführte Visumspflicht für Besucher aus dem Westen war längere Zeit ein Lieblingsthema von Frau Schimmelpfennig gewesen. Damit, so argumentierte sie überzeugend, werde der Aufenthalt in der DDR für jeden westdeutschen Bürger ein offizieller Akt, sozusagen eine tausendfache, wenn auch zunächst nur private Anerkennung unseres Staates. Und die Möglichkeit, dass angehäufte Quantitäten in eine neue Qualität umschlagen, war ja dank Marx eine Grundfeste des Staatsbürgerkundeunterrichts. Allerdings wollte mancher in der Klasse, den es mehr betraf als mich, nicht so recht verstehen, warum derartig erschwerte Reiseformalitäten Anlass zu so großer Hoffnung geben sollten.

Waren diese formalen Hürden überwunden, hatte man immer noch die Grenzgänger davon zu überzeugen, dass das Mitbringen einer in den Augen Älterer vorrangig Schund und Schmutz verkörpernden Zeitschrift das Risiko des Ertapptwerdens wert sei. Ich war ohnehin schlecht dran ohne Westverwandtschaft. Doch selbst für Maikel, dessen Mutter über das Pfarramt halboffizielle und über ihre weit verzweigte Familie persönliche Kontakte in den Westen pflegte, war es nicht eben leicht. Ich hatte mehrfach miterlebt, wie die gütigen braunen Augen der Frau Pastorin Lohmann-Kirszenstein einen traurigen Ausdruck bekamen ob der seelischen Gefährdungen, denen junge Leute wie wir ganz offenbar in der BRD ausgesetzt waren. Sie hatte einige der *BRAVOS*, die Maikel als Wertanlage in seinem Zimmer hortete, sehr aufmerksam gelesen. Irgendwie konnten wir sogar verstehen, dass sie in ihrem Alter davon Sorgen bekam: Lange Haare und harte Drogen, bunte Schlaghosen und laute Musik, freie Sexualität und materielle Lebensorientierung. Doch wenn sie zu Gesprächen darüber ansetzte, scherzte Maikel gern, sie sei schlimmer als die Schimmelpfennig mit ihrer Diskussionswut. Und dank Walter, der Mauer und der NVA sei das alles ja hier schließlich nicht zu befürchten.

Dann musste auch Frau Lohmann lachen, die mit ihrer kleinen Gemeinde und großen Familie ganz andere Sorgen hatte, dank Walter, der Mauer und der NVA.

„Die *BRAVO* ist von letzter Woche", sagte Frauke. „Mein Opa war in Hannover drüben, und meine Cousine weiß, was ich gebrauchen kann. Den Rock hab ich auch von ihr. Sie wird bald zwanzig. Und sie hat noch auf dem Bahnhof für mich die *BRAVO* gekauft. Und er, er hat sie durchbekommen."

Frauke klang richtig stolz, als hätte ihr Opa den eisernen Vorhang mit hochwichtigem Spionagematerial über die Stationierung von unsichtbaren Wasserstoffbomben überwunden. Allerdings machte der Anblick des karierten Minirocks den Stolz auf ihren Opa auch irgendwie verständlich.

„Also ganz aktuell", stellte Maikel überflüssigerweise fest. „Könntest du sie mal mitbringen, ich meine, nicht, dass ich das nicht glaube, aber …"

„Na ja, vielleicht nicht grade hier in die Schule. Oder wollt ihr mit Frau Schimmelpfennig drüber diskutieren?" Frauke lächelte spöttisch.

„Ich würd' sie ja auch bei dir abholen", meinte ich mutig und erschrak, als Frauke sagte: „Gut, so gegen halb fünf?! Am Rosengarten 17, der Eingang links neben der Gaststätte."

Sie drehte sich um und ging zu ihren Mitschülerinnen zurück. Erst jetzt sah ich, dass die uns aus ihrem Pulk heraus genau im Visier gehabt hatten. Ein blödes Gefühl. Maikel starrte auf Fraukes rote Lackschuhe. Mehr war von hinten ja leider nicht zu sehen.

IV

„Wie siehts aus, Leute?!", trompetete Jonathan Hegenbarth noch in der Klassentür und schwenkte ein paar Zeitungen in der Hand. „Seid ihr dabei?"

Er knallte seine abgewetzte Aktentasche auf den Lehrertisch und blickte über seine starke Brille fragend in die Runde. Schweigen. Es war mir richtig unangenehm. Ich mochte Hegenbarths polternde, direkte Art und wäre also gern dabei gewesen. Doch wobei?

Eben beim Fahnenappell war es auch ums Dabeisein gegangen. Wir hatten in der Mittagspause auf dem Schulhof im offenen Karree Aufstellung genommen. Petra Kaiser, unsere FDJ-Sekretärin, war sauer, dass sie als Einzige aus unserer Klasse eine FDJ-Bluse trug: Warum wir denn nicht dran gedacht hätten; zu Beginn eines neuen Halbjahres finde schließlich immer ein Fahnenappell statt! Was für ein Bild: Da hatte die Kaiserin nun vor unserer Klasse gestanden, ganz vorn links, war vom stetig rieselnden Schnee klatschnass geworden, weil sie natürlich auf eine Jacke verzichten musste, um wahrgenommen zu werden, und wir hatten gegrinst und mit den Schuhen im Matsch herum geschabt. Kallweit, der stellvertretende Direktor, hatte die kurze Rede gehalten. Sie war insoweit sehr ausgewogen gewesen, als jede der vier Jahrgangsstufen im Stenogrammstil ihr Fett abbekommen hatte. Wir, die Zehnten, hätten es nun ja selbst in der Hand, so Kallweit dröhnend, ob wir aus der Vorbereitungsklasse in die Abiturstufe übernommen werden könnten. Wer dabei sein wolle, müsse das klar erkennen lassen: durch Leistungsbereitschaft, Fleiß und Engagement. Gerade auf Letzteres komme es an, hatte Kallweit uns wissen lassen, denn bei gleicher Leistung entscheide einzig und allein die Haltung, die dahinterstehe.

Hegenbarth grinste, wies auf das *Neue Deutschland* und las eine Schlagzeile vor: „Mit 30 sterben alle Wünsche, alle Träume."

Er nahm die Brille ab. „So steht das hier in unserem ND", sagte er mit Nachdruck und machte eine Kunstpause, damit wir überrascht sein konnten. Dann setzte er nach: „Aber es ist nur ein Zitat, aus Springers BILD-Zeitung nämlich. Was zeigt uns das? Vielleicht, wie wenig tragfähig die Perspektiven junger Menschen dortzulande sind?"

Wir schwiegen, denn Hegenbarth war noch immer nicht am Ende. Jetzt schlug er demonstrativ die nächste Zeitung – eine *Junge Welt* – auf und grinste wieder: „Aufruf an junge Literaten und solche, die es werden wollen: Blick in die Zukunft – was wirst du in 30 Jahren machen? Das Jahr 2000 braucht deine Träume, deine Ideen und deine Tat! Na, Leute – ist das ein Thema für einen Aufsatz? Für eine klare Antwort an Springer?!"

Unser Deutschlehrer schien echt begeistert von der Initiative der Zeitung.

„Na ja, besonders neu ist das ja nicht", meinte Franzheinrich, ohne sich zu melden. „In der vierten Klasse hab ich schon Bilder gemalt, wie ich im Jahr 2000 leben werde. Da sahen alle meine Häuser rund aus und standen auf einem Bein. Das fänd' ich heute schon wieder doof."

So was ging nur bei Hegenbarth, reden, ohne sich zu melden, und doof nennen, was man doof fand. Und auch jetzt lächelte der dicke Mensch nur sanft und räkelte sich mit seinem Hinterteil auf dem Rand des Lehrertisches, dass ich Sorge bekam, er würde aus dem immer viel zu eng erscheinenden Anzug platzen.

„Na, na, wir sind doch inzwischen ein bisschen weiter, Franzheinrich", dröhnte er. „Und ein bisschen schlauer, oder? Wir können es wissenschaftlich angehen, materialistisch, auf der Höhe unserer Zeit. Lenin wäre gerade hundert jetzt. Was glaubt ihr, was der für Visionen vom Jahr 2000 loslassen würde!?"

„Dass er dann hundertdreißig wäre", sagte Jan-Uwe Klein-Schmitt von hinten. Alle lachten, auch Hegenbarth. Damit wäre er noch nicht mal der älteste Mensch der Welt, fiel mir ein. In der Zeitung war gerade das Bild eines Bauern aus dem Kaukasus gewesen, der hundertsiebenunddreißig Jahre alt sein sollte. Ziegenmilch und Rotwein, empfahl die Bildunterschrift. Hiervon einen Liter täglich und davon ein Glas.

„Mal im Ernst, Leute" – Hegenbarth haute die Zeitungen flach auf die erste Bank und sorgte damit erneut für Aufmerksamkeit – „mal im Ernst, mich interessiert wirklich, was ihr euch so vorstellt. Versteht ihr, das ist nicht nur irgend so eine Aufgabe im Deutschunterricht. Pläne zu schmieden, Visionen zu entwickeln, Zukunft zu denken - das ist eine Aufgabe für das Leben! Das können nur wir Menschen. Dieser Herausforderung sollten wir uns stellen, oder nicht?!"

Wir waren still geworden. Maikel schaute an mir vorbei und träumte aus dem Fenster, als sei er schon mittendrin. Hegenbarth lächelte zufrieden.

„Macht euch mal zur nächsten Stunde Gedanken. Erst mal ins Unreine. Stichwörter, an denen wir uns entlang hangeln können. Sucht euch Orientierungspunkte. Erinnert euch an das, was Ostrowski über das Wichtigste, was der Mensch besitzt, gesagt hat. Und ich, ich verrate euch dann auch, wie ich es mir vorstelle, das Jahr Zweitausend!"

Er stand auf, faltete die Zeitungen zusammen und steckte sie in seine Aktentasche, der er dann ein Lehrbuch entnahm.

„So, und nun zum Ziel dieser Stunde: Grammatik. Da wir eben über das Mögliche gesprochen haben, bleiben wir gleich dabei und wechseln sozusagen nur vom Inhalt zur Form: Konjunktiv I und Konjunktiv II. Wir beginnen mit der Übung auf Seite 43."

Das ehrliche Stöhnen, das während des Blätterns durch die Klasse ging, konnten wir uns eben nur bei Hegenbarth leisten.

V

Es hatte eine Weile gedauert, bis ich Maikel überzeugt hatte, mich in den Rosengarten zu begleiten. Er schien ein bisschen eingeschnappt, dass Frauke ihn nicht ausdrücklich in die Einladung einbezogen hatte. Andererseits wäre ich um nichts in der Welt allein gefahren. Mir war schon so mulmig genug, als wir in der Straßenbahn saßen, die hinaus an den Stadtrand zuckelte.

Seit die 10. Klasse begonnen hatte, wohnte ich die Woche über bei Maikel im großen Pfarrhaus. Wie meine Eltern darauf gekommen waren, kann ich gar nicht genau sagen. Vielleicht war bei einer Versammlung des Klassenelternaktivs die Rede auf die Probleme der Fahrschüler gekommen: Zeitiges Aufstehn, unzuverlässige Schulbusse, weniger Zeit zum Lernen. Natürlich konnte nur das letzte Argument den Ausschlag gegeben haben. Frau Pastorin Lohmann vermietete schon seit längerem Zimmer des Hauses an Fachschulstudenten. Ihr Mann Eduard Kirszenstein, ein ziemlich bekannter Organist und Dirigent, war schon vor Jahren gestorben, Maikel selbst erinnerte sich kaum an seinen Vater. Maikels Bruder Markus war bereits während seiner Schulzeit auf den Dachboden gezogen, wo er sich zwei Räume ausgebaut hatte und noch immer gemütlich hauste. Und das im Winkel erbaute Pfarrhaus hatte zwei weitläufige Etagen, einen riesigen Keller und den Garten, der früher mal ein Friedhof gewesen sein sollte und in dem tatsächlich eine Kirche stand, die kleinste der Stadt. Einen Glockenturm besaß sie nicht, wohl aber – natürlich – eine Orgel. Als ich Maikel das erste Mal besuchte, zog er mich schnell vom weißen Kaffeeporzellan, das in den Händen meiner Mutter so merkwürdig anders wirkte als in der Hand von Frau Pastorin Lohmann-

Kirszenstein, weg in die Kirche. Mich fröstelte, und ich hatte mit dem, der da am Kreuz hing, wirklich nichts am Hut. Schon fragte ich mich, wie meine Eltern auf die blöde Idee gekommen waren, mich ausgerechnet in einem Pfarrhaus unterzubringen. War vielleicht die Zimmermiete besonders niedrig wegen der christlichen Nächstenliebe? Sicher war sie niedrig, schließlich sollte ich mit Maikel das Zimmer teilen. Eigentlich waren es ja zwei Räume, der vordere – ein Durchgangszimmer – zum Arbeiten, der hintere zum Schlafen. Bad und Toilette lagen gleich daneben; eine kleine Wohnung sozusagen im ersten Stock. Die Fenster gingen nach Westen zum Garten raus, hinter Bäumen die Kirche und eine Ruhe, wie man sie mitten in der Stadt nicht erwartete. Ich würde morgens länger schlafen können, und in der Stadt war auf jeden Fall mehr los als in meinem Heimatdorf. Trotzdem fror ich jetzt, und ich fand die Idee meiner Eltern ziemlich blöd. Na gut, sagte ich mir, die Entscheidung sollte ich selbst und erst nach dem heutigen Nachmittag fällen. Das Zünglein an der Waage neigte sich inzwischen deutlich gegen das Ausschlafen, da setzte sich Maikel an die Orgel, schaltete und drehte ein bisschen herum, und plötzlich füllte ein gewaltiger Klang das kleine Kirchenschiff. Ich war so überwältigt, dass es eine Weile dauerte, ehe ich in der dahinbrausenden Wucht *A whiter shade of pale* erkannte. Und das Zünglein war von einem Moment zum anderen hinüber geschnellt.

Während die gelbe Straßenbahn durch die winkligen Reste der Altstadt quietschte, gingen wir noch einmal unsere Liste durch. Zu Gunsten ihrer Fertigstellung hatten wir die Erledigung der Hausaufgaben auf den Abend verschoben. Frauke sollte schließlich die erste sein, die ihre Punkte verteilen konnte. Wir hatten die Bandnamen alphabetisch angeordnet; die Reihe begann mit den *Amen Corner* und endete bei *The Who*. Schon zwischen Maikel und mir war es nicht einfach gewesen, sich am Ende auf dreißig Titel zu einigen. Bei den *Animals* hatte sich Maikel durchgesetzt: *Sky Pilot* stand in der Liste statt meines Favoriten *San Franciscan Nights*. Dafür hatte ich *White Room* hineinbekommen gegen *Sunshine Of Your Love*, das er lieber für *Cream* in der Liste gesehen hätte. Wirklich überzeugend war Maikel bei *Jimi Hendrix* vorgegangen. Der gehörte zu unseren jüngsten Entdeckungen, da seine Musik nicht unbedingt in den Hitparaden lief, ganz gleich, ob diese nun von *Radio Luxemburg*, dem *Deutschlandfunk* oder dem *Deutschen Soldatensender* ausgestrahlt wurden. Natürlich kannte ich *Hey Joe* und *Purple Haze,* aber Maikel wühlte lange in seinen Tonbändern, um mir eine ziemlich verrauschte Aufnahme vorzuspielen, die dann den Ausschlag gab: *The Wind Cries Mary*. Einig waren wir uns dagegen gleich bei den *Kinks* gewesen: Ihre ganz aktuelle *Lola* musste hinein, obwohl die Band der Davies-Brüder insgesamt unglaublich tolles Material besäße, wie Maikel es ausdrückte, der die Popmusik zuallererst aus dem Blickwinkel des Gitarristen beurteilte. Die wuchtig scheppernden Anfangsakkorde von *Lola* hallten jedenfalls mehrmals täglich durchs Pfarrhaus. Na ja, und dass bei den *Hollies* im Moment natürlich nur ein Titel stehen konnte, war spätestens nach dem heutigen Pausengespräch auch klar gewesen.

„Was meinst du", fragte Maikel, „sollte ich *He ain't heavy* mal mit den *SATURNS* probieren?" Er steckte die Liste zurück in seinen Umhängebeutel aus grober, naturfarbener Jute. Der Frauenkreis von Frau Pastorin Lohmann brachte sonnabends derartige Dinge hervor, die dann sogar den Weg auf den Solidaritätsbasar unserer Schule fanden.

Wenn es um den Weltfrieden geht, spielt der Glauben keine Rolle, hatte Frau Lohmann-Kirszenstein mal ganz ernsthaft gesagt.

„Was hält denn Markus von den *Hollies?*"

„Dem ist das zu schnulzig. Der steht jetzt voll auf *Steppenwolf, Magic Carpet Ride* und so. Da soll übrigens einer aus der DDR der Chef von sein!"

Ein bisschen konnte ich Markus verstehen. Die *Hollies* waren halt wirklich nur ziemlich nett und harmonisch und damit sehr erfolgreich. Viel mehr aber nicht.

„*Steppenwolf* ist doch auch nicht schlecht", sagte ich und guckte aus dem Fenster. Wir fuhren eben am Güterbahnhof vorbei, und jemand hatte dort mit Kreide an die rußgraue Wand geschrieben *Born tu be wild!* Na bitte.

„Wir müssten der Heintze mal vorschlagen, in Englisch solche Texte zu lesen und zu übersetzen. Dann würde so was da nicht passieren."

Maikel lachte. „Das sag mal dem Schrammi. Der singt ein Zeug zusammen, dass dir wirklich der Hut hochgeht!"

Felix Schramm war der Sänger der *SATURNS*. Sein Vater hatte eine Autowerkstatt, wo Einzelsohn Felix gleich nach der achten Klasse eingestiegen war. Seine Stimme war zwar nicht schlecht, aber die Texte, wie gesagt. Doch was sollte man machen: Den *SATURNS* kam vor allem die Autowerkstatt zugute, und das gleich mehrfach: Zum einen bastelte Felix ständig am Kapellen-Wolga herum, um das anfällige Dreigang-Getriebe für die Wochenenden flott zu kriegen. Außerdem verdiente er selbst nicht schlecht bei seinem Vater und steckte einiges davon in die

Kapellentechnik. Und schließlich war eine Autowerkstatt bekanntermaßen ein allgemeiner Umschlagplatz für Kontakte und Beziehungen aller Art, und die konnte man als Musiker natürlich gebrauchen.

„Und was", fragte Maikel, während er aus dem Fenster schaute, „was wäre, wenn wir selbst 'ne Kapelle gründen? Du spielst doch inzwischen auch schon nicht schlecht!"

Gut, seit ich bei Maikel wohnte, nahm ich des Öfteren seine Gitarre in die Hand. Nach einem halben Jahr konnte ich immerhin *Es steht ein Haus in New Orleans* zupfen und wagte mich ans Barré-Spiel. Natürlich war es nicht vergleichbar mit dem, was Maikel auf dem Griffbrett zauberte. Aber Spaß machte es mir, keine Frage! Eigentlich gab es niemanden unter den Jungen in der Klasse, dessen Fingerkuppen nicht zumindest zeitweise von Blasen verziert waren. Knopf, unser Musiklehrer, hatte mehrfach versucht, unsere Gitarrenbegeisterung in die richtigen Bahnen zu lenken. Seitdem der Berliner *Oktoberklub* im Blauhemd und mit rotem Liedgut Partei- und Staatsführung entzückte, gab es an so ziemlich jeder Schule landauf, landab eine Singegruppe. Natürlich auch an unserer Penne. Weil ich manchmal, wenn Maikel mit den SATURNS im „Haus der Jugend" probte, aus Langeweile zu den Übungsnachmittagen der Singegruppe gegangen war, hatte mich Knopf schon als Vollmitglied vereinnahmt, und es gab mal mächtigen Ärger, als ich einen wichtigen Auftritt vor dem Patenbetrieb der Schule, dem Reichsbahnausbesserungswerk, versäumte. Talent dürfe man nicht verschludern oder brach liegen lassen in unserer Republik, hatte Knopf mich angebrüllt und sein Taschentuch gezückt, um sich die Stirn abzutupfen. Knopf war klein und dick und völlig harmlos. Er fand es wohl einfach nur doof, selbst in der Öffentlichkeit mit längst zu engem FDJ-Hemd die Gitarrenbegleitung der Gruppe übernehmen zu müssen. Ich lächelte Zustimmung und machte dann tatsächlich einige Auftritte mit, als Gitarrenbegleiter versteckt in der zweiten Reihe. Dabei hatte ich schnell gemerkt, dass die zu erntende Popularität weit hinter Maikels Auftritten mit den *SATURNS* zurückblieb. Außerdem wäre eine eigene Kapelle ein guter Grund, das Engagement in der Singegruppe mit Hinweis auf die neue Probenbelastung zu reduzieren. Mir fielen sogar schlüssige Argumente ein: Die *Junge Welt* führte seit mehreren Wochen eine Debatte um die sozialistische Jugendtanzmusik. Größen der Szene wie Thomas Natschinski, Horst Krüger und das Joco-Dev-Sextett hatten dazu aufgerufen, die Qualität vor allem in der Breite zu verbessern. Und Jugendliche, die sich derart schöpferisch an der Weiterentwicklung unserer Jugendkultur beteiligen wollten, sollten entsprechende Unterstützung erhalten. Betriebe und Kombinate waren aufgefordert, im betrieblichen Kulturentwicklungsplan die Jugendtanzmusik zu berücksichtigen und jungen Amateurmusikern als Trägerbetrieb Technik, Probenräume und Auftrittsmöglichkeiten zu bieten.

Da ich noch immer nicht geantwortet hatte, räumte Maikel – mein Schweigen wohl fälschlicherweise als selbstkritische Zurückhaltung deutend – ein, dass ich natürlich etwas mehr üben müsse als bisher. „Aber ich zeig dir das schon, Alter", sagte er und guckte jetzt zu mir rüber, und am Glanz seiner Augen sah ich, dass dies keineswegs ein spontaner Vorschlag war, sondern die Idee schon eine ganze Weile in ihm genistet haben musste.

Fast hätten wir darüber am Rosengarten das Aussteigen vergessen. Ein unangenehmer, nasskalter Schneegriesel hatte eingesetzt, da sah sogar diese bevorzugte Wohngegend am Stadtrand trist und grau aus.

„Von dorther sendet er, fliehend nur, ohnmächtige Schauer körnigen Eises", deklamierte Maikel, als wir die lange Straße hinunterliefen, dabei so gut es ging den Windschatten der Häuser ausnutzend. Linker Hand flackerte endlich fahlblau eine Leuchtreklame: *HO-G ZUM ROSENGARTEN*. Das Haus hatte zwei Eingänge, den zur Gaststätte ohne Nummer, daneben den mit der Nummer 17. Drei verwischte Klingelschilder, in der Mitte ließ sich Richter vermuten. Wir guckten beide auf die Uhr und grinsten ertappt. Es war mal grade eben vier. Maikel schlug seinen Jackenkragen hoch und zog den Hals ein wie eine Schildkröte. Seine Locken klebten triefend an der Stirn. „Gehn wir noch 'ne Runde?"

„Na ja", murmelte ich wenig begeistert. Nasse Füße hatte ich bereits. Eigentlich eine blöde Angewohnheit, überall und immer in Basketballschuhen zu laufen. Der dunkelblaue Stoff hielt so gut wie nichts ab, und selbst nach längerem Tragen verbreiteten sie noch immer ihren typischen Gummigeruch. Aber Maikels Füßen ging es wohl nicht besser.

„Probieren wir's also", lenkte Maikel ein und drückte den Klingelknopf. Zweimal kurz, dann noch einmal länger, fast wie ein Code. Argwöhnisch fragte ich mich, ob er nicht doch heimlich bereits was mit Frauke hatte. Aber wahrscheinlich war er beim ersten Klingeln nur abgerutscht. Genau nach der Zeit, die man braucht, um eine Treppe aus dem ersten Stock herunterzukommen, öffnete sich die Tür.

„Kommt rein", sagte Frauke, jetzt in Hosen mit einem irren Schlag. „Ihr seht ziemlich schlimm aus, aber ich hab schon Tee gemacht."

Ich hätte gern Blumen dabeigehabt, aber es war halt Februar.

VI

Auf den ersten Blick verband mich mit Maikel eine wichtige Erfahrung: Auch ich hatte einen großen Bruder. Jochen war fast sechs Jahre älter als ich, also etwa so alt wie Markus. Da endeten aber auch schon die Gemeinsamkeiten.

Jochen fuhr seit seinem sechzehnten Lebensjahr zur See. Er war seitdem selten zu Hause, und meine Erinnerungen an die Zeit davor waren nicht allzu angenehm. Jochen war in allem zu überlegen gewesen, was bei dem Altersunterschied kein Wunder ist. Aber nicht nur Alter und Kraft bestimmten damals seine Stellung in der Familie, sondern vor allem die Tatsache, dass er den Lebenstraum unseres Vaters erfüllen würde, über die sieben Weltmeere zu fahren und dabei zu erleben, dass die Erde wirklich eine Kugel ist.

Unser Vater gehörte zu jenem Geburtsjahrgang, der für die letzte Mobilmachung kurz vor Kriegsende noch zu jung war mit knapp fünfzehn. Dennoch kam er – wie viele seiner Generation – nicht ungeschoren davon, und während bei anderen die Verletzungen nicht gleich sichtbar aufs Innere beschränkt blieben, hatte es ihn auch körperlich erwischt. Bei dem Bombenangriff der Briten und

Amerikaner, der Halberstadt noch in den letzten Kriegs-
wochen zur am stärksten zerstörten Stadt des Deutschen
Reiches machte, zertrümmerte eine einstürzende Keller-
wand sein linkes Bein unterhalb des Knies. Es war eigentlich ein Wunder, dass es nicht amputiert wurde zu einer
Zeit, da die Knochensäge Hochkonjunktur hatte. Doch
das Wunder war auch wieder keins, denn das Bein blieb
steif, und ich erlebte als Kind meinen Vater oft darüber
fluchend, dass er kein Holzbein habe: das könnte er wenigstens abnehmen, wenn es ihn störe.

Vaters Traum war die Seefahrt gewesen. Über die
Gründe erfuhren wir nicht viel. Es gab ein Jugendbild von
Vater, das ihn beim Kutterrudern des Jungvolks zeigte.
Das war im Sommer 1940 gewesen, ein Urlaub auf Rügen,
der speziell der Stärkung der Lungen dienen sollte. Die An-
strengung des Ruderns vergrößere das Volumen der Brust,
hatte man ihnen gesagt. Und vielleicht kann der Anblick
der endlosen See in einem Elfjährigen einen Lebenstraum
auslösen, wer weiß. Ich selbst war mit sechs zum ersten
Mal am Meer gewesen. Mich hatte es ziemlich kalt gelassen.

Vaters insgesamt nicht sehr umfangreiche Bibliothek
bestand zum großen Teil aus Büchern über die Seefahrt.
Neben Sachbüchern fand sich vor allem klassische Aben-
teuerliteratur: Frederick Marryat, Robert Louis Stevenson,
Friedrich Gerstäcker. Coopers „Lotse" fehlte ebenso wenig wie Vernes „Geheimnisvolle Insel". Noch jetzt kaufte
er gern die Seefahrer-Bücher der Reihe „Spannend erzählt", und ich sehe ihn sonntags im Sommer auf dem
Holzklappstuhl im kleinen Hausgarten sitzen, das steife
Bein auf einem Hocker abgelegt und in ein Buch vertieft,

dessen bunter Einband eher auf einen jugendlichen Leser zielte.

Jochen war zeitig vom unmöglich gewordenen Traum unseres Vaters infiziert worden und hatte ihn zu seinem eigenen gemacht. Obwohl es mich eigentlich eher befremdet, wenn ich bei Jochen vom Träumen spreche: Er war schon als Junge immer sehr klar und sachlich gewesen, und während für unseren Vater die Seefahrt eine romantische Verklärung der längst vergangenen Ära großer Entdeckungen, mutiger Kauffahrtssegler und der glorreichen Seeschlachten Admiral Nelsons bedeutete (vielleicht war es für Vater ein schwacher Trost, dass Nelson vor Trafalgar auf seinem Linienschiff durch eine Kanonenkugel sein Bein verloren hatte, wer weiß?), war sie für meinen großen Bruder dann einfach eine Arbeit, die ihn aus dem engen häuslichen Kramladen befreite. Die schwärmerische Erwartung unseres Vaters enttäuschte Jochen nach jeder Fahrt aufs Neue durch einsilbige Berichte über ereignislose Wachen, ständiges Rostklopfen und leere Horizonte. Vater zog sich dann wieder hinter sein Buch zurück, und Jochen packte seinen Seesack mit der Dreckwäsche in der Küche aus und verschwand in die Stadt. Da die Heuer stimmte, trank er im Landurlaub immer ziemlich viel, hatte zeitlich begrenzt eine Menge Freunde und einige wechselnde Freundinnen und war eigentlich kaum da, bis er wieder nach Rostock fahren musste.

Ich war dadurch jedenfalls vom Zwang verschont geblieben, das unlebbar gewordene Leben meines Vaters nachholen zu müssen. Er hatte übrigens nach dem Krieg die Kaufmannsschule besucht und war dabei unserer zukünftigen Mutter begegnet. Diese – einziges Kind einer Dorfkrämerfamilie – besuchte eben diese Schule, um das

Geschäft ihrer Eltern später übernehmen zu können. Sie war fünf Jahre älter als mein Vater, doch was sagt das schon. Vielleicht einiges über die Zeit damals. Es herrschte Mangel an Männern ihres Jahrgangs, und einer mit steifem Bein war wohl besser als keiner. Mein Bruder machte sich dann bald auf den Weg in die Welt, und meine Mutter kam so zu einem Mann und mein Vater ins Geschäft.

Als Kind war ich manchmal unfreiwilliger Zeuge, wenn mein Vater im leeren Laden sich unbeobachtet glaubte und die Büchsen und Gläser, in denen die Gewürze aufbewahrt wurden, öffnete und hineinroch. Dabei schloss er die Augen, sog die Luft durch die Nase tief ein und hielt den Atem beängstigend lange an. Mich verstörte der Anblick jedes Mal so sehr, dass ich mich leise davonschlich und auch nie nach dem Grund seines merkwürdigen Verhaltens fragte. Viel später erzählte ich meinem Bruder davon. Der lachte – ja, das habe unser Alter schon früher so gemacht. Es sei wohl das Einzige, was ihm vom großen Traum geblieben sei, die wertvolle Fracht selbst aus dem fernen Indien und Madagaskar zu holen, auf schwankendem Deck, das Steuerrad fest in der schwieligen Hand und im Ohr das Knattern der Segel im günstigen Wind.

Diesmal war Jochen drei Tage vor dem Ende der Winterferien angekommen. Südostasien, Malaysia, Bangkok, Hanoi. Wegen des Vietnam-Krieges der Amis und der anhaltenden Sperrung des Suez-Kanals hatte die Fahrt länger gedauert als geplant. Dennoch war die Ausbeute für Vater wieder mal mager. Andererseits hatte Jochen vielleicht nicht mal bemerkt, dass während seiner viermonatigen Abwesenheit das Ladenschild an unserem Haus ausgewechselt worden war. Statt *Joh. Hantke: KolonialWaren* |

SüdFrüchte | *FeinGemüse* lautete es nun *Hantke Nachf. KG: Lebensmittel aus aller Welt & Waren des täglichen Bedarfs.*

Dabei steckte mehr dahinter als ein bloßer Fassadenwechsel. Soviel ich mitbekommen hatte, war mein Großvater Johann Hantke, Mutters Vater, nun – mit fast siebzig – ganz ausgestiegen aus dem Geschäft, hatte aber sein Geld als Erbteil darin gelassen und dafür verlangt, dass sein Name weiterhin für das Geschäft stehe. Der Nachfolger – also Otto Mertin, mein Vater – hatte sich in seinen Augen offenbar in den fast zwanzig Jahren seiner Mitarbeit hier noch keinen ausreichend klangvollen Namen machen können. Allerdings hatte der den Rückzug seines Schwiegervaters genutzt, um die Konsumgenossenschaft ins Boot zu holen. Da war mehrfach das Wort Opportunist durchs Haus gepoltert, und meine Mutter hatte die Treppe, die von unserer Wohnung im Erdgeschoss in die darüberliegende der Großeltern führte, auffällig häufig benutzt. Ihrer friedensstiftenden Mission blieb ein sichtbarer Erfolg allerdings verwehrt, und ich war froh, als sich die Ferien ihrem Ende zu neigten und die Aussicht auf das ruhige Pfarrhaus wieder reale Gestalt annahm. Glücklicherweise war ich nicht aufgefordert worden, in dieser familiären Auseinandersetzung Position beziehen zu müssen. Es wäre mir schwergefallen. Nicht, dass ich es meinem Vater nicht gönnte, namentlich über der Schwelle seines Ladens zu erscheinen. Und auch der treppauf gebrüllte Hinweis Vaters, dass er mit der Konsumgenossenschaft als Großhändler bessere Einkaufspreise erzielen könne, war sicher nicht von der Hand zu weisen. Aber seit ich in der Kreisstadt die Oberschule besuchte und nun auch dort wohnte, lösten meine Heimfahrten ohnehin immer häufiger das Gefühl aus, in eine Vergangenheit zu reisen, die mit mir eigentlich nicht mehr viel zu tun hatte. Es war vielleicht das Erlebnis der ersten Selbstbedienungskaufhalle in der Stadt, durch die man unbehelligt von Fragen und Blicken schlendern konnte, die Dinge untersuchend, bevor man sie in seinen Einkaufskorb packte. Lege den Finger auf jeden Posten, hatte Brecht bekanntlich in einem seiner auswendig zu lernenden Gedichte gefordert, und auch, wenn der Text auf Größeres zielte und Brecht Zeit seines Lebens wohl nie eine DDR-Selbstbedienungskaufhalle kennengelernt hatte, begriff ich diese Einrichtung durchaus als eine ganz praktische Realisierungsmöglichkeit seiner These.

Jochen hatte inzwischen eh' ganz andere Einkaufserfahrungen gemacht, vom Freihandel der Häfen über die Hamburger Fischhallen bis zum orientalischen Basar. Wenig genug war darüber zu erfahren, und leider brachte Jochen auch nicht allzu viel mit. Diesmal einige hauchzarte Seidentücher für Mutter, einen malaiischen Dolch mit kunstvoll gearbeiteter Lederscheide für Vater. Mich allerdings hatte er glücklich gemacht: *Tommy*, das fantastische Doppelalbum von *The Who*, hatte er mir in Rotterdam gekauft. Es war nach *Beggar's Banquet* von den *Stones* und *Odgen's Nut Gone Flake* von den *Small Faces* meine dritte Westplatte. Damit lag ich nur im Klassendurchschnitt, obwohl viele dachten, mit einem seefahrenden Bruder säße man direkt an der Quelle. Als nächstes hoffte ich auf die *Kinks*, hatte ich Jochen dankend gesagt. Und er hatte, was selten vorkam, gelächelt und mir mit seiner riesigen Faust in die Rippen geboxt, bevor er gegangen war, um den Bus in die Kreisstadt nicht zu verpassen.

VII

Richters Wohnung lag offenbar genau über der Gaststätte, und es erschien nur logisch, dass Fraukes Mutter dort als Kellnerin arbeitete. Ihr Mann war Montage-Ingenieur und selten zu Hause.

„Und wenn er da ist, gibt's sowieso meistens Krach", sagte Frauke, während sie Tee in die Gläser goss. Maikel stellte das Bild, das die Richtersche Familie zumindest in einem bemüht glücklichen Moment zeigte, zurück auf Fraukes Schreibtisch.

„Da sieht man ja, von wem du's hast", sagte Maikel und setzte hastig hinzu, „also die Augen und die Haare, meine ich."

„Danke", sagte Frauke, „nehmt euch Kandis. Meine Mutter kann einiges besorgen durch die Kneipe. Wollt ihr braunen oder weißen?"

„Braunen", sagte ich; „weißen", sagte Maikel, und wir lachten alle drei etwas angespannt. Beim Umrühren klingelten die Löffel in den Gläsern, und fast unmerklich wurde daraus ein musikalisches Gebilde. Maikel gelang es irgendwie, einen Takt vorzugeben, Fraukes Löffel perlte hell seine gläsernen Töne dazu, und ich verlegte mich auf einen hüpfenden Akzent, den Knopf zweifellos als Synkope anerkannt hätte. Wir grinsten wieder ein bisschen verlegen in diese seltsame Musik hinein, und ich entdeckte zum ersten Mal grüne, leuchtende Pünktchen in Fraukes Augen. Als hätte uns jemand bei etwas Verbotenem ertappt, stellten wir das Umrühren abrupt ein und schlürften vorsichtig vom heißen Getränk – auch das konnte den schwierigen Gesprächsbeginn ja noch etwas hinauszögern.

„Hier sind ein paar Kekse", sagte Frauke, und mir zerkrümelte blöderweise gleich der erste zwischen den Fingern.

Vielleicht wäre die Liste ein guter Einstieg, dachte ich und griff nach Maikels Jute-Tasche. Da Maikel offenbar zur selben Zeit dieselbe Idee hatte, stießen wir mit unseren Köpfen zusammen, was die Peinlichkeiten nicht gerade verringerte. Jedenfalls hatte ich das Blatt zu fassen gekriegt, faltete es auf dem Tisch auseinander und sagte: „Wir machen nämlich so Umfragen zur Beatmusik. Unsere eigene Hitparade. Wäre schön, wenn du mitmachst."

„Du hättest dieses Mal die erste Stimme", fuhr Maikel fort, als sei das eine besondere Auszeichnung, und begann, die mögliche Vergabe von fünfzehn Wertungspunkten zu erklären. Frauke folgte dem eher amüsiert, hatte sich aber schon das Blatt herangezogen und überflog die Namen und Titel. Dann griff sie nach einem Stift und hatte innerhalb einer Minute ihre Wertung fertig. Obwohl die Zeilen für mich auf dem Kopf standen, konnte ich doch erkennen, dass sie dabei ziemlich differenziert vorging. Maikel sah mich an; er war genauso neugierig wie ich auf die Punktverteilung, doch das wollten wir so deutlich hier nicht zeigen. Als Frauke den Stift aus der Hand legte, sagte ich deshalb nur: „Danke schön!" und faltete das Blatt wieder zusammen.

„Ja, dann zeig doch mal die *BRAVO*", sagte Maikel so gedehnt, als könne er allein durch langsames Sprechen die Dauer unseres Hierseins verlängern. Aber draußen schneite es nun heftiger, und es wurde zunehmend dunkler. Wir hatten ja noch Hausaufgaben zu erledigen.

Frauke stand auf und ging zum Regal. Als sie sich umdrehte, war sie rot geworden. Auf dem bunten Titel des Heftes umschlang ein Junge heftig die Schulter eines blonden Mädchens, dessen Blusenträger heruntergerutscht war.

„Das ist mir jetzt ein bisschen blöd", sagte Frauke, „aber die Seite ist weg. Die, wo das stand mit den *Hollies.*" Sie holte tief Luft.

„Da war auf der Rückseite der Starschnitt drauf. Der fünfte Teil von *Andy Kim* von den *Archies.* Den find ich doof, und ich hab ihn Kathrin gegeben, als sie am Wochenende hier war. Kathrin ist meine Freundin aus Berlin, also aus der Nähe da, und nun ist die Seite weg."

Ich sah Maikel an, und der verdrehte die Augen.

„Aber ich weiß noch genau, was drinstand", beeilte sich Frauke zu versichern. „Da stand, dass die *Hollies* als erste Beatgruppe aus dem Westen in der DDR spielen wollen. Vielleicht eine ganze Tournee, vielleicht erst mal im ‚Kessel Buntes'. Und vorher in Berlin für die Jugend. Als Test, was sie dürfen. Das sei alles schon ziemlich klar, stand da."

„Schon ziemlich klar", wiederholte ich ärgerlich. „Und wann das sein soll, stand das auch da?"

„Also" – Frauke guckte ein wenig hilflos; „ich glaube, dass da Pfingsten stand. Zu dem Jugendtreffen unterm Fernsehturm, glaube ich."

„Unterm Fernsehturm", überlegte Maikel laut. „Na ja, das wäre möglich. Schließlich ist das Ding ja der neue Stolz der Hauptstadt. Und am Brandenburger Tor werden sie wohl kaum spielen dürfen."

„Höchstens auf der anderen Seite", fügte Frauke hinzu. Sie schien erleichtert, dass wir nicht zu sauer waren.

„Wie die Stones auf dem Springer-Hochhaus", sagte ich. Sogar die *Junge Welt* hatte damals über die ungeheuerliche Provokation, wie sie es nannte, berichtet. Leider hatten wir dadurch erst hinterher davon erfahren. Solchen Provokationen würden wir uns gern entgegenstellen, direkt vor Ort und in vorderster Front sozusagen.

„Das kriegen wir schon raus, wo die spielen." Maikel gab sich zuversichtlich. „Das kommt auf *Radio Luxemburg* oder im *Soldatensender*. Und in der Zeitung müssen sie's dann auch schreiben, oder?"

„Wir können ja bei der *Jungen Welt* einfach mal anfragen." Man hörte Fraukes Stimme nicht eindeutig an, wie ernst sie ihren Vorschlag meinte. Ich nahm ihn eher ironisch und sagte: „Klar doch, und die *SATURNS* könnten dann im Vorprogramm spielen."

„Wieso die *SATURNS?*" sagte Maikel ruhig. „Und - warum eigentlich nicht?!"

„Mal hü, mal hott", spottete Frauke.

„Nee, ich meine, warum sollte man nicht als Vorgruppe dort auftreten dürfen? Besser, als wenn sich *Dina Straat* mit dem Dresden-Sextett blamiert. Stellt euch das vor: Ich bei der DDR-Tournee der *Hollies* im Vorprogramm. Das wäre der Hammer! Aber nicht mit den *SATURNS*, sondern" – Maikel holte tief Luft – „mit unserer Gruppe!" Er sah mich an.

„Du meinst das wirklich ernst, was", lachte ich unsicher.

„Klar doch, warum nicht?! Kannst du eigentlich singen?", wandte sich Maikel an Frauke, die verständnislos unserem Wortwechsel gefolgt war.

„Ich denke schon", antwortete sie zögernd. „Und ihr meint ..."

„Willkommen an Bord!", rief ich ins Zimmer und war irgendwie sehr zufrieden mit Maikel. Klar muss ich mehr üben, dachte ich. Aber in diesem Fall würde es mir nicht schwerfallen.

„Habt ihr schon einen Namen?" fragte Frauke.

Maikel stand auf und sagte fest und feierlich: „*Charisma-Combo!*"

VIII

„Hey, Mann, grüne Gurken!", brüllte Maikel durch die voll besetzte Bahn. Wir hingen an der Mitteltür in den Halteschlaufen und starrten in das Schneegestöber, das wieder eingesetzt hatte. Es waren die ersten Worte, seit wir uns vor gut einer halben Stunde von Frauke verabschiedet hatten. Irgendwie schienen unsere Köpfe zu voll, und darin war alles noch zu wenig sortiert, um ausgesprochen zu werden. In der Bahn war es eng, Feierabendzeit. Ich hätte gern schon mal geblättert, aber die Leute mussten ja nicht unbedingt sehen, dass in der Jute-Tasche, die Maikel auf den Armaturenkasten neben der Tür gelegt hatte, eine grellbunte *BRAVO* steckte, eingeschlagen in ein grauweißes *ND*.

An der nächsten Haltestelle drängten wir aus der Bahn und hasteten über die Straße zurück. Der ältere Mann, den Maikel aus der Bahn gesehen hatte und der in jeder Hand eine Gurke trug wie Jagdtrophäen, stand immer noch unter der Straßenlaterne. Vielleicht wartete er auf seine Frau, die auch in der Reihe der Wartenden stand. Mehrere Fahrgäste hatten wohl dieselbe Entdeckung gemacht wie Maikel und folgten uns. Die Schlange an der *HO Obst und Gemüse* zählte inzwischen rund zwanzig Köpfe, und da die vordersten schon recht ordentlich eingeschneit waren, konnten wir uns auf eine längere Wartezeit einstellen. Andererseits wog die Aussicht auf Gurkensalat zum Abendbrot das locker wieder auf.

Wir stopften die Fäuste tief in die Jackentaschen. Das mit den Basketballschuhen war wirklich blöd. Der großflockige Schnee wurde auf dem Boden sofort zu Matsch. Von den auf der Straße vorbeifahrenden Autos spritzte es ab und zu bis an die Beine der Wartenden, und ich hatte mal wieder Gelegenheit, mich über den Gleichmut der Leute in dieser nicht seltenen Situation zu wundern. Und wir machten mit! Im Minutentakt rückte man einen Schritt vor, näherte sich dem erleuchteten, von innen beschlagenen Schaufenster des Ladens, den ebenso regelmäßig ein, zwei Personen verließen. Da die Schlange in ihrer Gesamtlänge dennoch nicht abnahm, machte es den Eindruck eines Perpetuum mobile, von dem Schmittchen heute früh berichtet hatte. Ich teilte Maikel meine Entdeckung mit, und wir spannen sie weiter. Nur unter idealen Bedingungen, ohne mechanische Reibung zum Beispiel, sei es vorstellbar, hatte Schmittchen betont und per Experiment bewiesen, dass es eben nicht funktionieren konnte auf dieser Welt. Vielleicht aber hatten wir hier ideale Bedingungen vorliegen? Nun, grüne Gurken im Winter, ein paar Leute nach der Arbeit und ein Geschäft, das erst in einer halben Stunde schließen würde – das klang doch schon ziemlich ideal. Allerdings durften wir nicht die stete Energiezufuhr außer Acht lassen, die in Form von jeweils zwei grünen Gurken pro Person die Versuchsanordnung in Bewegung hielt. Wenn diese Energiequelle erschöpft war, würde das Experiment in sich zusammenbrechen, auch das war ein Naturgesetz. Nur die Verkäuferin hinter dem Ladentisch würde übrigbleiben, wie ein Katalysator, der die Gesamtreaktion zwar ermöglicht, sich selbst dabei aber nicht verbraucht hatte. Womit wir eine Brücke zum Chemiekurs bei Thalmann geschlagen hätten und mir natürlich Frauke einfiel, weil eben alles mit allem zusammenhängt.

In Gegenbewegung zu einem Ehepaar mit glücklichen Gesichtern überwanden wir jetzt die Türschwelle zum Gemüseladen. Drinnen war nur Platz für vier oder fünf Leute. Hier musste unsere Freundschaft nach außen hin enden. Wir standen schweigend hintereinander. Schließlich war klar, dass wir jeder zwei Gurken haben wollten. Das konnte für Jugendliche Probleme geben. Die arbeitende und herrschende Klasse zeigte mitunter wenig Verständnis dafür, dass auch Heranwachsende am sozialistischen Füllhorn nippen wollten. Also waren wir aus Erfahrung klug geworden – und uns plötzlich völlig fremd. So würde dieser fremde Junge vor mir also zwei Gurken für seine Familie kaufen, und ich erwarb danach meine mir zustehende Ration. Solche Dinge bekommt man nicht in der Schule beigebracht. Maikels Bruder Markus hatte wohl Recht, als er den Spruch, der über der Aula unserer Penne prangte, zur Abiturfeier seines Jahrgangs abgeändert hatte: *Nicht in der Schule, sondern durch das Leben lernen wir!*

Als Nächster wäre Maikel dran. Ich hatte schon mein Portemonnaie aus der Jacke gezogen und hielt drei Mark – so ungefähr lagen die Preise, wie man hören konnte – bereit. Da taumelte Maikel mit weißem Gesicht aus der Reihe, warf mir einen entsetzten Blick zu und rannte aus dem Laden. War ihm schlecht geworden? Junge, du bringst das ganze Perpetuum mobile durcheinander, dachte ich belustigt, während ich, ohne dass ich sie hätte fordern müssen, meine beiden bereit liegenden Gurken empfing und bezahlte. Eben wurde die letzte Stiege auf den Ladentisch gehoben. Am Holz klebte ein bunter Zettel: *Obst und Gemüse für den Sieg – Lübbenau grüßt die Republik!* Richtig, das neue Kraftwerk dort heizte nebenher mit seinem Brauchwasser riesige Gewächshäuser. Ich hatte erst vor wenigen Tagen in den Fernsehnachrichten der *Aktuellen Kamera* gesehen, wie meine Gurken dort im künstlichen Sommer gediehen. Nun hielt ich sie wirklich in meinen Händen! An der Tür rückte der Rosenkranz wieder um eins weiter.

Der Schnee klatschte noch immer nass herab. Ich brauchte eine Weile, um Maikel zu entdecken. Er lehnte nicht etwa, wie ich vermutet hatte, schwer atmend irgendwo gleich hier an der Hauswand, sondern stand mit hängenden Schultern auf der gegenüberliegenden Straßenseite an der Haltestelle. Als ich näherkam, blickte er durch mich hindurch, und da fröstelte es mich auch.

Hilflos reichte ich ihm eine meiner beiden Gurken. Er nahm sie stumm und wog sie wie einen Knüppel in der Hand. Seine Jute-Tasche hing nicht wie gewohnt über seiner Schulter. Die war mit der Straßenbahn allein weitergefahren.

VIX

Der Gurkensalat hinterließ einen faden Nachgeschmack. Frau Pastorin Lohmann hatte sich alle Mühe gegeben mit Pfeffer, Salz und Öl und so weiter, doch mit Sommergurken aus dem Garten konnten die Lübbenauer nicht konkurrieren. Allerdings war unsere Stimmung ohnehin etwas, nun ja, belegt. Wie würde die gerade erst gewonnene Sängerin der *Charisma-Combo* den herben Verlust verkraften? Zudem steckte auch unsere Titelliste in dem Jute-Sack, von Maikels Brieftasche gar nicht zu reden: DPA, Schülerausweis, Straßenbahnkarten und etwas Geld.

Zum Glück erfüllte Maikels Mutter das Klischee, das ich bis vor kurzem von Pastorinnen und Pastoren besessen haben mochte, überhaupt nicht. Sie barmte also nicht zum Himmel nach unserer Beichte, rief keinen Gott als Zeugen an für irgendwas, und wir mussten auch keine Buße tun. Ganz praktisch schlug sie die notwendigen Schritte vor. Der erste wäre ein Telefonat mit dem Straßenbahndepot. Dann gäbe es beim Rat der Stadt ein Fundbüro, dort könne man nachfragen. Das Einwohnermeldeamt kam als nächstes auf die Liste; das Schulsekretariat verstand sich wohl von selbst. Der Februar war fast vorbei, so dass die Monatskarte nicht so ins Gewicht fallen würde. Und mit dem bevorstehenden März rückte auch die nächste Taschengeldauszahlung in erreichbare Nähe.

All das war parallel zur Herstellung des Gurkensalats besprochen worden in der geräumigen Küche des Pfarrhauses, und doch blieb die Stimmung gedämpft. Der Anruf beim Straßenbahndepot, der als einziger Punkt noch heute abgehakt werden konnte, erbrachte nämlich nichts. Der betreffende Wagenzug der Linie 3, so der Dispatcher unbewegt am Telefon, drehe noch seine Runden und habe bisher keinen Fund gemeldet. Fundstücke würden ohnehin an die Stadt abgeliefert. Morgen dort nachfragen, viel Glück, aufgelegt.

Wir saßen dann in Maikels ..., also in unserem Zimmer auf der Couch. Auf dem Plattenteller rotierten *The Who: See me, feel me.* Ich schloss die Augen und dachte an Frauke: *Touch me, heal me.* Maikel hatte seine *BRAVO*-Sammlung, gut zwei Dutzend Hefte, aus dem Regal genommen und blätterte schweigend darin herum. Wahrscheinlich überlegte er, was er Frauke als Entschädigung anbieten könnte. Die meisten seiner Hefte waren älter und schon ziemlich zerfleddert. Bilder waren ausgeschnitten, etliche Poster fehlten natürlich.

Da Maikel offenbar bei seiner Entscheidungsfindung stecken geblieben war, setzte ich mich allein hinüber an den großen Schreibtisch, der Platz genug für uns beide bot, und begann lustlos, mathematische Gleichungen zu lösen. Weil die Ergebnisse einigermaßen gerade aussahen, verzichtete ich auf die Probe. *Pinball Wizzard* lief jetzt. Dann *I'm Free,* und da kam endlich wieder Bewegung in meinen Freund. Er griff zur Gitarre und hatte in wenigen Augenblicken die Anfangsakkorde des Songs gefunden.

„Setz mal die Nadel zurück", forderte er.

Beim zweiten Versuch fand ich die richtige Stelle, und Maikel spielte das charakteristische Riff mit, korrigierte etwas, ließ mich nochmals den Anfang in den Rillen suchen. Dann stimmte es, und Maikel grinste. Ich war froh, dass der tote Punkt überwunden schien.

„Los, nimm die andere Gitarre! Hier, spiel das erstmal nur auf der E-Saite, so. Mach's ruhig langsam."

Allmählich verlor sich bei mir der Krampf, es sofort perfekt machen zu wollen. Maikel ließ es dann gnädig in ein Blues-Schema hinübergleiten und flitzte improvisierend über die Saiten, ohne seine Melodie aus dem Blick zu verlieren. Als sich schon die Schlussphrase ankündigte, schrie er: „Coda, Coda als Kadenz, Alter!", riss auf dem Höhepunkt den Ton plötzlich ab und ließ es nach einer fast quälenden Pause in ebenso schrägen wie sanften Harmonien ausklingen, dass ich davon eine Gänsehaut bekam.

In die entstandene Stille hinein klopfte es, und die Tür ging auf. Maikels Bruder Markus steckte seinen Kopf ins Zimmer. „Darf ich?" Maikel zuckte die Schultern.

„Das klang ja echt nicht schlecht, Leute", sagte er und setzte sich neben der Heizung auf den Teppich. Selbst in dieser Position wirkte Markus noch riesig groß und sehr dünn. Er hatte dunkle Locken wie Maikel, aber länger und ziemlich verfilzt, und einen struppigen Bart, mit dem er ein wenig an George Harrison auf seinem Hari-Krishna-Trip erinnerte. Die Bücher, die er wohl unten aus dem Bibliothekszimmer geholt hatte, legte er neben sich. Die Buchrücken zeigten zu mir, und ich konnte einige Namen auf den Einbänden entziffern: Hegel, Kant, Marx, Nietzsche. Nur das obenauf liegende Buch sah neu aus; Bakunin hieß der Autor. Markus hatte sich die Albumhülle von *Tommy* gegriffen und betrachtete interessiert die surrealen Illustrationen, mit denen die Geschichte des blinden, taubstummen Jungen comicartig umgesetzt war.

„Na, Bruder Michael, da hast du ja 'n bisschen Pech gehabt heute", sagte er, ohne aufzublicken. Er war einer der wenigen, die nicht mitmachten bei dem allgemeinen Gemaikele. „Wenigstens hättet ihr mir was vom Gurkensalat übriglassen können."

Seit seinem Abitur ernährte sich Markus streng vegetarisch, was natürlich besonders im Winter unter Mangel an Abwechslung litt. Mir wäre allein dieses Rot- und Weißkohl-Einerlei ein ausreichendes Argument für Goldbroiler oder Grilletta gewesen.

„Mist Gurken", knurrte Maikel, und ich sagte: „Da hast du nicht viel verpasst, Markus. Die schmeckten wie abgestandenes Wasser."

Markus lachte. „Wen wunderts? Der Versuch, die Natur zu überlisten, kann auch nicht befriedigend gelingen. Wer ist denn der Mensch, dass er a priori klüger sein will als Jahrmillionen an Evolution?" Er streichelte seinen Bücherstapel. „Von der Schöpfung gar nicht zu reden, ihrer ethischen Dimension, meine ich."

Maikel grinste mich von unten her an.

„Steht so was da drin?", fragte ich etwas entgeistert und deutete auf die Bücher.

„Klar doch. Aber nur zwischen den Zeilen, mein Lieber", sagte Markus und stand auf. „Dann klampft mal noch schön", sagte er, schon in der Tür.

„Danke!" Maikel ließ die Saiten scheppern und tippte sich zwischendurch an die Stirn. Wir hörten Markus in seinen grobgestrickten Socken die knarzende Treppe hinaufsteigen.

„Wenn der mal bloß nicht abdreht in seinem Dachstübchen, was?" meinte Maikel, und wir lachten über den Doppelsinn.

X

In der Nacht hatte es weiter geschneit. Ich erwachte durch ein Kratzen vorm Fenster. Im Garten des Pfarrhauses war tatsächlich schon jemand mit dem Schneeschieber zugange.

„Hey!" flüsterte ich nach einem Blick auf das Leuchtzifferblatt meiner Armbanduhr in Maikels Richtung. Die Uhr hatte mir auch mein Bruder mitgebracht, vor einem Jahr ungefähr. Danach war in der Klasse ein Streit entbrannt, ob die Leuchtkraft des Zifferblattes und der Zeiger aus Uranpartikeln gewonnen werde und das Tragen der Uhr dadurch gesundheitsgefährdend sei. Jemand wollte einen entsprechenden Bericht im Fernsehen gesehen haben, mit erschütternden Bildern von Krebsgeschwüren auf der Haut.

„Hey, ist schon sechs durch."

Maikel schnaufte, dann knackte es. Langsam schälte sich ein kleines grünes Auge aus dem Dunkel, begleitet von einem tiefen Brummen. Das Röhrenradio brauchte etwa zwei Minuten zum Warmwerden. Aus dem Brummen war ein dumpfes Trommelsignal geworden, nach jedem fünften Mal unterbrochen von einer monotonen Stimme: *Hier ist der Deutsche Soldatensender. Wir senden täglich 6 Uhr 15, 12 Uhr 30, 18 Uhr, 20 Uhr 15 und 22 Uhr 30 auf Mittelwelle 935*

Kilohertz. Dann wieder die Trommel. So begannen unsere Tage.

Punkt Viertel setzte die Musik ein. *Poor Boy* von den *Lords,* ein stimmiger Auftakt am frühen Morgen.

„Los, armer Junge, geh du zuerst ins Bad", knurrte Maikel und wälzte sich unter seiner Decke.

Als ich zurückkam, lief *Monday, Monday* von den *Mamas and Papas.*

„Die sind wohl von gestern", stellte ich fest, während Maikel seufzend aufstand. „Bloß gut, dass der Montag vorbei ist, oder?"

„Es kann nur besser werden", gähnte Maikel und schlich ins Bad.

Der Unterricht begann halb acht, und der Schulweg betrug keine zehn Minuten. Somit hatten wir eine Stunde Musik am Morgen. Das war für mich ein deutlicher Gewinn. Als ich noch täglich vom Dorf aufbrechen musste, stand ich schon kurz nach Sechs am Bus. So früh sendete nur der *Deutsche Freiheitssender 904,* dessen Musikprogramm allerdings bei weitem nicht an den *Soldatensender* heranreichte. Um beide Sender gab es ja ein bemühtes Geheimnis. *Standort links von Bonn,* hieß es beim *Freiheitssender; der einzige Sender der Bundesrepublik, der nicht unter Regierungskontrolle stehe* und so weiter. Als wir am Ende der neunten Klasse zur Abschlussfahrt nach Schwerin aufbrachen, meinte Markus, wir sollten nördlich von Magdeburg, so in Höhe Burg etwa, mal aufmerksam Ausschau halten aus dem Zugfenster. Die rotweißen Masten überm Kiefernwald, da hätten wir unseren Standort links von Bonn. Gut, wir sahen die Türme; bei der nächtlichen Rückfahrt ein paar Tage später sogar mit blinkenden Warnfeuern. Der Mythos war entzaubert, doch eigentlich war uns ziemlich egal, wo die Masten standen. Entscheidend war doch, was da aus dem Radio kam. Aus dem Äther gewissermaßen.

Der Äther, das war so ein Begriff, der Schmittchen, unserem Physiklehrer, den Schweiß auf die Stirn treiben konnte. Ein Pseudo-Terminus, wissenschaftlich nicht haltbar, natürlich. Ätherwellen, ha! Andererseits erzählte uns Frau Schimmelpfennig gern, der Krieg um Köpfe werde jetzt zunehmend dort im Äther ausgetragen. Dazu der Hinweis auf Karl-Eduard von Schnitzlers *Schwarzen Kanal*.

Fünf vor halb standen wir vor der Schule. Alwin Berg war schon in Schweiß geraten und brüllte jetzt herum, wir sollten seine zusammengeschobenen Schneehaufen nicht wieder runterlatschen. „Und keiner schmeißt mit Schnee, verstanden?!"

In dem Moment traf mich ein Schneeball im Genick. Nicht besonders heftig, aber unangenehm: der nasse Schnee rutschte in den Kragen meiner Jacke. Wütend drehte ich mich um und erstarrte. Drei Schritte hinter mir stand mein Bruder.

„Na, Kleiner, wach geworden?" Jochen trug seinen Matrosenmantel und hatte den groben grauen Leinensack geschultert. „Wollte dich noch mal sehen, weißt du."

„Wieso jetzt schon", stotterte ich. „Ich meine, du bist doch grade erst gekommen."

„So ist das, Bruder. Gestern kam das Telegramm. Da ist wer krank, und dann musst du ran. Die Republik" – er grinste eine kleine Pause in seine Rede – „kann sich keinen Ausfall leisten."

Das kam allerdings nicht zum ersten Mal vor. Man sah ja auch wöchentlich die Annoncen in der Zeitung: Wer will zur Hochseeschifffahrt? Komm zur Handelsmarine – der VEB Deutsche Seereederei braucht dich!

Komisch eigentlich, dass da immer Leute fehlten. Man hätte denken können, so ein Job, der zieht genug: Abenteuer, die Welt sehen, und ein Teil des Lohnes in Valuta.

„Tja, Brüderchen, ich wollte dir also nur tschüss sagen. Hatte noch 'ne Stunde, bevor der Zug fährt. Also, mach's gut!" Jochen stellte seinen Seesack ab und packte mich an den Schultern. Er hatte sich noch nie von mir verabschiedet, noch nie so umständlich jedenfalls. Ich fühlte mich unwohl, musste schlucken.

„Mach's gut, Jochen", sagte ich. „Denkst du an die *Kinks?*"

„Ach ja, die *Kinks.*" Jochen schulterte seinen Packen wieder. „Klar doch, aber es kann dauern. Ich weiß noch gar nicht, auf welchen Dampfer ich komme und wohin der geht. Und pass auf dich auf inzwischen."

Die Vorklingel schepperte bis nach draußen – noch zwei Minuten bis zum Unterricht. Jochen drehte sich um und stapfte durch den Schnee davon, mitten durch einen der Alwin-Berg'schen Haufen. Riesig sah er von hinten aus, der Seesack verbreiterte seine Silhouette zusätzlich. Klar, ich kam mir immer schon ziemlich klein vor gegen Jochen. Aber ich hatte es selten zuvor so deutlich gefühlt wie in diesem merkwürdigen Moment des Abschieds.

Dann rannte ich hinauf in die Klasse, die ich zeitgleich mit Frau Schimmelpfennig erreichte. Die kam heute allerdings als Geschichtslehrerin zu uns, und ich ließ ihr betont höflich den Vortritt.

XI

Die Rolle der Sowjetunion bei der Schaffung der antifaschistisch-demokratischen Grundordnung nach der Zerschlagung des Hitler-Faschismus auf deutschem Boden.

Offenbar hatte Frau Schimmelpfennig den Text schon gestern Nachmittag an die Wandtafel geschrieben. Sie mochte markige Thesen am Beginn ihres Unterrichts. Wir hatten ja dann die ganze Stunde Zeit, das angeschlagene Thema zu diskutieren.

Ich war nicht richtig bei der Sache. Ich dachte an Jochen, klar. Mir fielen komische Dinge ein, die gar nicht hierher zu passen schienen. Zum Beispiel warum ich nicht gern Fußball spielte. Das hatte nämlich mit Jochen zu tun. Mein Vater, der mir mit seinem steifen Bein natürlich kein Dribbelpartner sein konnte, hatte Jochen wohl gedrängt, mit mir im Garten zu spielen. Dort gab es eine kleine Rasenfläche, die an die Fachwerkscheune des Nachbargehöfts grenzte. Ein Balkenfach diente uns als Tor. Ich muss etwa acht Jahre alt gewesen sein, und ich hatte bis dahin eigentlich viel Spaß am Ballspiel gehabt. Doch mein Bruder konnte mit mir wenig anfangen. Zunächst stellte er sich ins Tor und fischte meine Schüsschen zunehmend gelangweilt aus der Luft. Als ich – ob des ausbleibenden Torerfolgs enttäuscht – auf einem Rollentausch bestand, hämmerte Jochen derart harte Schüsse auf mein Tor, dass der Lehm in großen Fladen von der Scheunenwand abplatzte. Ich hatte keine Chance, bekam schließlich einen scharf getretenen Ball an den Kopf und knallte schmerzhaft gegen die Wand. Jochen war einfach weggegangen, und ich hatte seitdem genug vom aktiven Fußballspiel. Und eigentlich auch von meinem Bruder, eigentlich.

Maikel stieß mich an. „Eh, träum nicht, Alter. Ist ja bald Hofpause, dann siehst du sie!" Na ja, was sollte er auch sonst denken.

Auf dem Schulweg hatten wir uns überlegt, dass wir am Nachmittag gleich vom Fundbüro aus ins „Haus der Jugend" gehen wollten. Dienstags stand das Haus für alle offen, und Maikel meinte, wir würden sicher mit Herrn Wolters sprechen können, dem Klubhausleiter. Oder zumindest mit Frank Dietrich, dem Fachmethodiker für Tanzmusik, der selbst bei den *SATURNS* trommelte. Vielleicht gab es im Probenkeller des Hauses – Bunker genannt – noch freie Zeiten. Das „Haus der Jugend" bot dort jungen Musikern die Möglichkeit, auf einer stationären Verstärkeranlage zu proben. Die Bedingungen waren nicht toll, irgendwas war immer kaputt, aber als Einstieg würde es gehen. Vielleicht konnten wir ja später einen der Kellerräume des Pfarrhauses für unsere Proben nutzen. Aber dort wäre noch eine Menge aufzuräumen, geeignete Verstärker fehlten, und wir wollten jetzt erst einmal anfangen. Die Begeisterung musste genutzt werden.

Auch über die Besetzung hatten wir schon nachgedacht. Maikel Leadgitarre, ich Rhythmus, so viel war klar. Frauke würde singen. Frauke! Das Schlagzeug wäre eigentlich was für den robusten Franzheinrich. Juks, also Jan-Uwe Klein-Schmitt, wurde von seinen Eltern zu regelmäßigem Klavierunterricht gezwungen, könnte demnach ein Tasteninstrument bedienen. Und den Bass? Na ja, das in der Öffentlichkeit stets etwas unterbewertete Instrument würde vielleicht der dicke Henning spielen? Zumindest lag sein Musikgeschmack, so zeigten es alle bisherigen Titellisten, nahe bei unserem. Und solche Übereinstimmungen erschienen uns, noch bevor die *Charisma-Combo* den ersten Ton überhaupt erklingen lassen konnte, weit wichtiger als musikalische Vorkenntnisse. Allerdings zupfte auch Henning eine ganz leidliche Konzertgitarre.

Während Frau Schimmelpfennig mit leuchtenden Augen die 1946 in der sowjetischen Besatzungszone durchgeführte Bodenreform mit Lenins „Dekret über den Boden" unmittelbar nach der Großen Sozialistischen Oktoberrevolution verglich und dazu um Diskussionsbeiträge bat, schaute ich mich unauffällig um in unserer Klasse. Franzheinrich grinste breit zurück, Henning schaute gelangweilt aus dem Fenster. Jan-Uwe schien ganz Ohr, doch ich sah, dass er sich unter der Bank die Fingernägel feilte. Deswegen hatten wir ihn schon mehrfach aufgezogen. Er verwies dann wütend auf die Notwendigkeit, als Pianist gepflegte Fingernägel zu besitzen. Vor allem durften sie nicht zu lang sein, wie er betonte, weil das sonst auf den Tasten bei jedem Anschlag unangenehm knackte, und seine Klavierlehrerin, ein ältliches Fräulein, sei bekannt für ihr säuerliches Gesicht in derartigen Momenten. Juks hatte uns ihr Grimassieren vorgemacht; sehr erheiternd.

Sie wussten natürlich alle noch nichts von ihrer Berufung in Maikels Beatgruppe. Auch deshalb wartete ich sehnsüchtig auf die erste Pause. Doch noch war Frau Schimmelpfennig zugange, eben überleitend zu den Nürnberger Kriegsverbrecherprozessen.

Es klopfte kurz und scharf, im selben Moment wurde die Tür zum Klassenraum bereits geöffnet. Kallweit, der als stellvertretender Direktor bei uns Russisch und Mathe unterrichtete, blickte sich suchend um. Die plötzliche Stille hatte etwas unwirkliches.

„Entschuldigung bitte, Frau Kollegin, ich störe nur ungern, äh ... Lohmann-Kirszenstein, Michael – ja, Herr Lohmann, würden Sie mich wohl für einen Augenblick begleiten?"

„Ich?" Maikel guckte, als könnte durchaus ein anderer gemeint sein.

„Ich glaube, es gibt hier keinen weiteren Lohmann", versetzte Kallweit kurz. „Also bitte!"

Maikel stand ruhig auf, sagte: „Lohmann-Kirszenstein, ganz richtig", und ging zur Tür. Einen raschen Blick hatten wir noch gewechselt. Vielleicht wieder die FDJ-Geschichte? Maikel war, wie ein paar Jahre zuvor sein Bruder Markus und jetzt die Fehling-Zwillinge, einer der wenigen Oberschüler, die nicht Mitglied der Freien Deutschen Jugend waren. Obwohl die Schulleitung Frau Pastorin Lohmann gegenüber mehrfach Toleranz beteuert hatte, gab es doch hin und wieder freundliche Überredungsversuche. Allerdings hatten die noch nie mitten in einer Unterrichtsstunde stattgefunden. Und als unsere Klassenleiterin war Frau Schimmelpfennig natürlich stets einbezogen gewesen.

Als Kallweit die Tür ins Schloss gezogen hatte, brauchte Frau Schimmelpfennig nun auch einen Moment, um inhaltlich wieder ansetzen zu können. Sie war offensichtlich selbst überrascht und kämpfte nicht mal gegen die aufkommende Unruhe, das Flüstern und Scharren in der Klasse, an. Als es wenige Minuten später klingelte, verließ sie etwas überhastet den Raum und vergaß sogar, uns noch dringlich zum Übertragen des wichtigen Tafelsatzes in unsere Geschichtshefter aufzufordern. Annette, die diese Woche Ordnungsdienst hatte, löschte ihn rasch mit einem feuchten Schwamm aus. Es hätte ja sein können, dass Frau Schimmelpfennig noch auf dem Flur ihr Versäumnis aufgefallen wäre.

Maikel kam in der kurzen Pause nicht zurück, doch allein wollte ich auch nicht mit den Jungs reden. Schließlich war Maikel der Gründer der Gruppe, ihm stand es zu. Dann kam auch schon Jonathan Hegenbart in die Klasse gestürmt, wie stets freundlich massiv und trotz seiner Korpulenz ungeheuer lebendig. Bei ihm wirkte das immer irgendwie ansteckend.

„Ja, ja, Freundschaft, Leute", kürzte er die Begrüßung lax ab und zerrte Bücher und eine Zeitungsseite aus seiner Ledertasche.

„Heute wollen wir" – er machte die erste Kunstpause, und wir folgten gebannt seiner wirklich guten Rhetorik – „nein, noch nicht gleich über eure Visionen zum Jahrtausendwechsel reden. Das muss reifen, nicht wahr?! Vielmehr lade ich ein zu einer Reise. Zu einem gedanklichen Exkurs, für den es folgende Orientierungspunkte gibt" – wieder eine Pause und ein bedeutsamer Rundblick: „Goethes Faust. Lenin. Und einen unserer heutigen jungen Dichter: Prellmuth Heißler. Wer kann dazu was sagen?"

„Lenins hundertster Geburtstag", tönte Franzheinrich. Er steuerte oft den ersten Satz zur Deutschstunde bei, um danach abzuschalten.

„Und Goethes Faust?"

„Faust strebt nach Erkenntnis, wie Lenin doch auch", sagte Annemarie, die immer zu den Besten gehörte. „Nur im Punkt der Verantwortung gegenüber der Menschheit, da unterscheiden sich beide gewaltig!"

„So…" Hegenbarths Tonfall hielt alles in der Schwebe. „Und Heißler?"

„Hat der nicht Lieder geschrieben, irgendwelche Chorkantaten", fragte ich.

„Hat der in der Tat, Thomas", erwiderte Hegenbarth belustigt. „Und zwar nicht irgendwelche, sondern Texte über die Schönheiten und Schwierigkeiten des sozialistischen Lebens in unserer Republik. Aber – wie bekommen wir denn das nun zusammengebogen?"

Da waren wir allerdings auch ratlos, was Hegenbarth nicht weiter zu stören schien. Er faltete die Zeitungsseite auseinander; die Formatgröße sprach eindeutig für das ND.

„Hier" – Hegenbarth hielt das Blatt in die Höhe; auf der uns zugewandten Seite prangte die Schlagzeile *Wasser und Schlamm behindern Kohlekumpel* – „hier sind neue Gedichte abgedruckt, die Prellmuth Heißler anlässlich des hundertsten Geburtstages von Lenin geschrieben hat. Eine ganze Sammlung soll daraus werden. Texte sind einem Dichter wichtig, um Klarheit zu erhalten, und so ist auch Heißlers Motto zu verstehen, das er einem Brecht-Gedicht auf Lenin entlehnt hat – ihr kennt es: ... *und sie ehrten ihn, indem sie sich nützten.* Warum und wobei nützen uns denn Gedichte, Franzheinrich?"

Der hatte aber wirklich schon abgeschaltet.

„Nun", meinte Hegenbarth gutmütig, „vielleicht wird es euch ja deutlich, wenn ihr die Texte hört."

Er stellte sich breitbeinig vor die Tafel und las mehrere Strophen. Eine großartige Stimme. Ich hörte weniger auf die Worte und lauschte vielmehr auf diesen Klang, dieses beherrschte, kalkulierte Vibrieren, das im nächsten Moment schon brüchig werden oder in klirrende Festigkeit umschlagen konnte. Es ging die Rede, dass Hegenbarth ursprünglich hatte Schauspieler werden wollen. Oder es sogar eine Zeit lang gewesen sei.

Und da war es plötzlich, das Bindeglied, nach dem wir suchen sollten:

Ach, während noch die „Intellektuellen"

charakterfest die Gretchenfrage stellen,

ist schon dem Kind, obwohl sie bei ihm stehn,

Gewalt geschehn!

In Hegenbarths Stimme lag jetzt ein anschwellendes Grollen, und für einen Moment schien dieses scharfe Klopfen zur Inszenierung zu gehören, die durch das Öffnen der Tür doch im nächsten Moment jäh zerstört wurde. Wieder stand Kallweit in der Klasse, und ich schrak zusammen, denn diesmal hatte er sofort mich fest im Blick. Maikels leerer Platz erleichterte ihm wohl die Orientierung.

„'tschuldigung, Jonathan, ich störe wirklich ungern, aber Hans schickt mich noch mal – Herr Mertin, würden Sie auf einen Moment mitkommen!"

Eine Frage war das bei dem Tonfall ganz sicher nicht. Ich hätte zwar gern erfahren, ob dieser Moment genauso lange dauern würde wie der Augenblick, zu dem Maikel geholt worden war, doch Kallweit war nicht gerade als großer Humorist bekannt. Also zuckte ich nur bedauernd die Schultern in Hegenbarths Richtung und bewegte mich aus der Tür.

Kallweit ging stumm hinter mir, fast im Gleichschritt. Instinktiv hatte ich den Weg zum Direktor eingeschlagen. Hans schickt mich – das konnte nur Hans Hofmann sein, unser Direx. Bei dem hatte unsere Klasse allerdings gar keinen Unterricht. Hoffte er vielleicht, ich könne meinen Freund davon überzeugen, Mitglied der einheitsparteilichen Kampfreserve zu werden? Irgendwie passte das alles nicht zusammen, ähnlich wie eben bei Hegenbarths Unterrichtseröffnung. Doch der hatte das *missing link* ja dann geliefert. Hier war es noch nicht zu sehen.

Ich lächelte der Schulsekretärin im Vorzimmer unsicher zu. Sie saß wie versteinert vor der großen, schwarzen Schreibmaschine und starrte auf die Tür zum Nebenraum. Die öffnete sich jetzt wie von selbst, und Kallweit schob mich hinein. Das Zimmer, in das ich nun zum ersten Mal trat, seit ich die EOS besuchte, war überraschend groß. Hofmann, hager, mit eisgrauem Bürstenschnitt, saß aufrecht hinter einem schweren Schreibtisch. Das Fenster hatte er im Rücken, so dass seine Gesichtszüge kaum zu erkennen waren. Davor hockte Maikel auf einem Stuhl.

Sein Blick streifte mich kurz, und ich erschrak. Hilflose Wut war darin.

Zwischen ihnen, auf Hofmanns Schreibtisch, lag Maikels Jute-Beutel. Der Inhalt war auf dem Schreibtisch ausgebreitet, die aufgeschlagene *BRAVO* – noch im Schutzumschlag des *Neuen Deutschlands* – stach grellbunt hervor. Mein Herzschlag sprang augenblicklich aufs doppelte Tempo. Kallweit rückte einen Stuhl neben Maikel, ich setzte mich benommen. Immerhin hatte sich damit der Gang zum Fundbüro erledigt.

„Ja, Herr Mertin", räusperte sich Hofmann. Seine Stimme klang müde. „Da Ihr Freund nicht allzu gesprächig ist, möchten sich diese Herren gern mit Ihnen weiter unterhalten!"

Ich fuhr herum. Am Beratungstisch im hinteren Teil des Zimmers saßen zwei junge Männer, sehr aufrecht, sehr korrekt. Beide hatten die Beine übereinandergeschlagen, beiden lag ein Mantel quer über dem Schoß. Sie waren glattrasiert, rochen sicher gut und wirkten ausgesprochen sympathisch.

Ich war also engagiert worden, um in einem Spionagefilm mitzuspielen. Nur leider kannte ich das Drehbuch nicht.

XII

Im Korridor des Pfarrhauses Lohmann-Kirszenstein hängt ein merkwürdiger Stahlstich, der Gott den Herrn in einem römischen Streitwagen über die Wolken rollend zeigt. In der Pose eines wackeren Kriegshelden mit

Strahlenkranz überm wallenden Haar und wildwucherndem Barte schleudert er Blitze wie Speere zur Erde hinunter, wo winzige Menschlein seinem Zorn zu entgehen suchen. Angst und Ohnmacht sprechen aus ihren kleinen, verzerrten Gesichtern. *Der Herr sieht alles, und seine Strafe erreicht dich gewisslich!*, steht in Fraktur unter dem Bild.

Gewitter mochte ich schon als Kind. Meine früheste Erinnerung an ein Gewitter ist mit Großvater Johann und unserer Dorfkirche verbunden. Wenige Tage vor meiner Einschulung, am Abend eines drückend schwülen Augusttages, schob sich ein schwarzer Wolkenturm vom Harz her über unser Dorf. Ich hatte auf dem Hof gespielt und wurde von den großen, schweren Regentropfen überrascht, empfand sie aber nicht als unangenehm. Überall, wo sie einschlugen, spritzte der Staub in kleinen Kratern auf. Heftige Böen rissen am Birnbaum und den Fliederbüschen, und die inzwischen von den Wolken verdeckte Sonne vergoldete deren Ränder von hinten her. Ich glaube, wenn mich meine Großmutter nicht ins Haus gerufen hätte, wäre ich gern dort im Freien geblieben.

Großvater hatte gerade den Laden abgeschlossen und kam durch die Hintertür herüber in den Wohnbereich des Hauses. Meine Eltern waren nicht da, sie machten wohl Besorgungen in der Stadt.

„Kummst mit 'nauf, nach'n Gewitter schaun, mein Kleiner", fragte Großvater. Er sprach nur leichten Dialekt. Zudem hatten jahrzehntelange Verkaufsgespräche seine Stimme erstaunlich geschmeidig gemacht. Sogar das „Mein Kleiner" klang nicht geringschätzig bei ihm; da war ich von Jochen ganz andere Töne gewöhnt.

Er rückte mir im Obergeschoss einen Hocker ans offene Fenster und setzte sich daneben auf seinen Stuhl. Die ersten Blitze zuckten draußen durch das Dämmerlicht, und das Donnergrollen kam näher. Großmutter steckte ihren Kopf in die Stube und schimpfte: „Machst wohl das Fenster zu, Johann, das Luftige zieht uns noch den Blitz 'nein!"

„Ach, Trudel, Mädchen", lachte Großvater gewinnend. Er konnte das damals noch gut, Menschen mit seiner Art entwaffnen. Großmutter Gertrud, das Mädchen, schloss die Tür und verkroch sich dann wohl irgendwo im Innern des Hauses. Wir grienten uns an.

Inzwischen regnete es stark, und die Dämmerung draußen hatte einen fahlgelben Anstrich bekommen. Vom Obergeschoss unseres Hauses konnte man weit über die Hofmauer blicken. Gegenüber lag der alte, ziemlich verwilderte Friedhof – ein bevorzugter, wenn auch nicht unbedingt erwünschter Spielplatz für uns Kinder – mit der Dorfkirche. Dahinter begannen bereits die Felder. Unablässig zogen Blitze ihre verästelnde Spur aus dem Wolkengebräu hinab zum Boden, und nach dem schwülen Tag roch die Luft nun feucht und frisch, auch wenn sich dazu ein merkwürdiger Geschmack im Mund einstellte.

„Das isser, der Schwefel, der da im Blitz verbrennt", erklärte Großvater bestimmt. „Schlucks einfach runter, dann passiert dir nischt!"

Ich machte wahrscheinlich große Augen und habe das Folgende wohl deshalb so deutlich gesehen, dass ich es als Bild jederzeit abrufen kann: Ein Blitz schlug in die Spitze unseres Kirchturms. Der absolut zeitgleiche Donnerschlag verstärkte noch den faszinierenden Eindruck, den das über das Schieferdach züngelnde blauweiße Feuer bei mir hinterließ. Irgendwie hatte meine Wahrnehmung auf Zeitlupe geschaltet, denn so lange, wie ich das vor mir sehe, kann es ja unmöglich gedauert haben. Jedenfalls hat sich die für einen winzigen Moment grell gleißende Silhouette des Kirchturms in meine Netzhaut eingebrannt, also Spuren, Narben hinterlassen, die auch zehn Jahre später noch leicht zu finden sind. Und dazu die Erinnerung an dieses großartige Gefühl: In der Sicherheit des Hauses und des Großvaters zu sitzen, den Atem anzuhalten und zu wissen, dass die Bedrohung vorübergehen und mich nicht erreichen wird. *Schlucks einfach runter, dann passiert dir nischt!*

Später in der Nacht wurde ich dann nochmals wach. Sirenengeheul, Schreie von draußen, Wetterleuchten am finsteren Himmel. Das Gewitter, so hörte ich von meiner Mutter, die inzwischen wieder da war, sei zurückgekommen, und jetzt brenne ein Strohdiemen weit draußen vor dem Dorf.

Du kannst mir trotzdem nichts, dachte ich. Du wirst mich nicht erreichen!

„Erzählen Sie uns doch mal Ihre Version, Herr Mertin", hatte der eine der beiden Herren gesagt. „Es gibt da ein paar Widersprüche in der Darstellung Ihres – Freundes!"

Er hatte nicht etwa laut gesprochen, die Worte auch nicht sonderlich betont. Trotzdem hatte ich sofort diesen Schwefelgeschmack im Mund. Ich versuchte ihn hinunterzuschlucken, doch es gelang nicht wie sonst.

Der zweite Mann lehnte sich zurück, kippelte mit dem Stuhl und klopfte dazu mit einem Stift auf die Tischplatte.

Kallweit, der hinter mir stehengeblieben war, holte tief Luft, sagte aber nichts. Hofmanns Gesichtszüge wurden trotz des Gegenlichts allmählich deutlicher erkennbar. Sie wirkten merkwürdig schlaff und grau. Maikel starrte vor sich hin, aber ich kannte ihn gut genug, um zu wissen, wie wach er aus den Augenwinkeln alles wahrnahm. Seine Lider zuckten leicht, und die linke Augenbraue rutschte nach oben. Pass auf, Alter, was du sagst, konnte das heißen.

„Wir haben den Beutel gestern in der Straßenbahn vergessen. Es gab grüne Gurken, da sind wir so schnell raus", sagte ich allgemein in den Raum hinein, ohne jemanden anzusehen. „Gut, dass Sie ihn gefunden haben. Und Danke."

Kallweit holte wieder tief Luft: „Grüne Gurken, also wirklich!" und der erste Mann fragte mit unveränderter Stimme: „Sind Sie nun dumm oder frech, Mertin?"

Es hatte schon mehrere dieser schwierigen, nach Schwefel schmeckenden Situationen in meinem Leben gegeben. Wenn keiner der Erwachsenen es sah, war Jochen einige Male ziemlich brutal mit mir umgegangen, hatte mich im Garten gefesselt und geknebelt oder einfach nur herumgestoßen und meine untaugliche Gegenwehr ausgelacht. Es gab in der Schule diese Momente, diese Lehrerfragen, diese Aufgabenstellungen in Klassenarbeiten, auf die ich nicht vorbereitet war. Im Sportunterricht war ich mal vom Reck gestürzt, der sichernde Schüler hatte gepennt, und so auf den Rücken geknallt, dass mir minutenlang die Luft weggeblieben war. Na ja, vielleicht nicht minutenlang. Und doch: Immer, wenn ich diesen Schwefelgeschmack im Mund gespürt hatte, kam ja das gute Gefühl: Es geht vorüber, und mir wird nichts passieren. Ich mochte doch Gewitter gerade, weil sie mir nichts anhaben konnten. Was war jetzt anders? Der Herr sieht alles, und seine Strafe erreicht dich gewisslich! Die Herren dort am Tisch hatten mit dem grollenden Gott äußerlich wenig gemein. Doch plötzlich sah ich mich unter den winzigen, hilflosen Menschlein, die sich vergebens mühten, den Blitzen zu entkommen. Mein Herz pochte heftig ganz oben im Halse, und in den Augen drückten jene Tränen, die ich mir selbst bei Jochens Quälereien stets verkniffen hatte.

„Also, Genossen", ließ sich Hofmann jetzt vernehmen, „nicht, dass ich den Vorfall als abgeschlossen betrachte. Aber ich denke, wir sollten hier erst Mal Schluss machen und den beiden Schülern etwas Zeit zum Nachdenken geben. Den Ernst der Lage dürften sie begriffen haben, und wir können das Gespräch zu gegebener Zeit fortsetzen. Ich mach euch den Bericht fertig, und dann werden wir sehen."

Einen Moment lang waren nur das Stuhlkippeln und das rhythmische Klopfen des Stiftes zu hören.

„Was werden wir denn sehen, Genosse Hofmann", sagte der erste Mann leise und ohne die Stimme am Schluss der Frage zu heben, und es klang genauso gefährlich wie zuvor mir gegenüber. Das überraschte mich, und ich konnte endlich wieder schlucken.

„Na ja, Towarischtschi, Genossen" – Kallweits Stimme klang vertrocknet – „Genosse Hofmann meint, wir werden das hier an der Schule selbst auswerten. Mit der Parteileitung, der FDJ und den Eltern und so. Schriftlich und mit allen notwendigen Konsequenzen ..."

In diesem Moment brach ein heftiges Krachen über uns herein. Hofmann fuhr kerzengerade hinter seinem Schreibtisch auf, Kallweit sprang zurück an die Tür. Ich stand ruckartig auf von meinem Stuhl, und derjenige der beiden Männer, der geredet hatte, war regelrecht vorgeschnellt, wie ein Raubtier. Der andere Mann allerdings rollte ungeschickt über den Spannteppichboden, der seinen Aufprall wohl noch halbwegs gemildert hatte. Immerhin hatte er im Umkippen zwei weitere Stühle am Beratungstisch umgerissen und war mit der Schulter ans Tischbein geknallt. Er sagte zwar nichts, doch sein Gesicht war schmerzverzerrt, als er aufstand.

Maikel war als einziger sitzen geblieben. Aufmerksam schaute er dem Pechvogel zu, der sich Schulter und Ellenbogen rieb.

„Den Bericht also, Genossen", zischte der andere, dessen ganze Haltung jetzt Gefährlichkeit ausstrahlte. Nichts mehr da von der durchaus sympathischen Erscheinung zehn Minuten zuvor.

„So schnell als möglich, und mit allen Konsequenzen – los jetzt!"

Das letztere galt seinem Kollegen. Kallweit riss die Tür auf, und die Männer verließen im Gleichschritt das Zimmer unseres Direktors.

„Wie", sagte Maikel leise. „So schnell wie möglich muss es heißen."

Im nächsten Moment hatte es zur Pause geklingelt.

„Sie können jetzt erst einmal gehen, meine Herren", sagte Hofmann. „Wir sprechen uns noch."

Die Müdigkeit seiner Stimme weckte beinahe Mitleid. Maikel stand auf, nickte kurz in seine Richtung und verließ den Raum. Ich folgte ihm. Der Schwefelgeschmack verlor sich immer noch nicht.

XIII

„Mann, ausgerechnet Mittwoch!" Ich sah Maikel wütend an. Wir hatten doch nun echt schon genug Probleme am Hals. Maikel guckte verständnislos und wiederholte, als hätte ich ihn nicht richtig verstanden: „Na ja, Mensch, Mittwoch! Nachmittags von drei bis fünf. Da war noch frei im Bunker! Was hast du denn?"

Ich antwortete nicht und blieb trotzig auf der Steintreppe sitzen, die ins Obergeschoss des Jugendklubhauses führte, wo sich die Verwaltungsräume und Büros befanden. Die Kälte der Terrazzofliesen war längst durch die Hose gekrochen. Aus dem Foyer flogen Stimmen herüber, dazu das unrhythmische Stakkato, das an den beiden Tischtennisplatten erzeugt wurde. Aus dem Keller drang ein tiefes Brummen, dazwischen fiepte und pfiff es schmerzhaft. Ein Mikrofon hatte wohl mit den Lautsprechern zurückgekoppelt.

„Klar ist Mittwoch frei von drei bis fünf", sagte ich, ohne Maikel anzusehen, der sich neben mich gesetzt hatte. „Und was meinst du, warum – und wo wir da rumsitzen, he? Dich kratzt das ja nicht weiter, aber ich trage schließlich mittwochs die aufgehende Sonne im Herzen, na ja, zumindest am Ärmel!" Ich war echt sauer und wohl ein bisschen lauter als gewöhnlich. „Die Jungs werden auch nicht begeistert sein. Oder legst du dich für uns mit der Bolz an?"

„Oh, Mann, Mist", sagte Maikel jetzt mit gespielter Verzweiflung. „Ich hab doch nicht an eure FDJ-Nachmittage gedacht! Für mich war Mittwoch einfach ein prima freier Nachmittag. Los, Tom, wir gehen noch Mal hoch zu Wolters, vielleicht gibts ja noch andere freie Zeiten."

Die Jungs hatten in der Hofpause in unserer Stammecke des Schulhofs gestanden und uns erwartungsvoll entgegengesehen. Warum er nicht annähernd so vom Direx geliebt werde wie wir, empfing uns Franzheinrich mit komischem Ernst. Hegenbarth hatte ihn wohl doch nicht in Ruhe schlafen lassen.

Mein Hals war ausgetrocknet nach der Viertelstunde in Hofmanns Dienstzimmer, ich musste ziemlich blass aussehen. Der Schweiß, der sich auf meiner Haut gebildet hatte, trocknete an, und ich fror.

Maikels Stimme zitterte etwas, als er scheinbar leichthin sagte: „Hofmann will unsere neue Combo zwar nicht direkt fördern. Aber ich finde, wir sollten es trotzdem versuchen!"

Weil alle verständnislos guckten, fand auch ich meine Stimme wieder. War eigentlich eine gute Idee von Maikel, unsere Vorladung zu Hofmann mit der geplanten Beat-Gruppe in Verbindung zu bringen. Den wirklichen Grund musste ja im Moment niemand erfahren. Hastig umriss ich also das Projekt, würdigte die Rolle der *Hollies* als Zugnummer für unseren Durchbruch und gab im Blickkontakt mit Maikel die Besetzung bekannt.

Franzheinrich war sofort einverstanden mit dem Schlagzeug. „Ich nehm ein' Teil meines Jugendweihegeldes", tönte er. „Der Sperber is' ja schon bezahlt. Und mein Alter legt sicher gern noch ,n paar Mark drauf, wenn er hört, dass sein Sohn berühmt wird!"

Wir lachten. Henning Fischer hatte vor Begeisterung rote Flecken im Gesicht bekommen. Vom Bass wusste er immerhin, dass der nur vier Saiten hatte – das muss man doch lernen können! – und dass Paul McCartney ihn verkehrtrum spielte. „Ich bin Rechtshänder", versicherte Henning treuherzig, als hinge davon seine Bühnenzulassung ab.

Juks, durch seine familiäre Vorbelastung stets auf die Vermeidung allzu spontaner Reaktionen bedacht, knackte mit seinen Fingernägeln und meinte, die Aussicht auf eine derartige Popularität werde seinem Übungsfleiß für die Klavierstunden durchaus einen positiven Impuls verleihen. Und gegen derartige Stimulanzien könne wohl auch sein Vater nichts einzuwenden haben. Franzheinrich verdrehte die Augen bei Jan-Uwes wohlgesetzter Rede, und ich ahnte, dass es innerhalb unserer künftigen Band durchaus Dinge geben werde, die Jan-Uwes Vater, der Herr Psychiater Dr. Klein-Schmitt, als interessante gruppendynamische Prozesse analysieren könnte. Mit der natürlich nur halblaut geäußerten Empfehlung, seinen Vater als Therapeuten hinzu zu ziehen, würzte Juks ohnehin manchen FDJ-Nachmittag unserer Grundorganisation und spielte damit auf das angespannte Verhältnis zwischen der weiblichen Funktionärsriege, die aus Jugendfreundin Bolz, der FDJ-Sekretärin der Schule, unserer Klassenlehrerin, Frau Schimmelpfennig, und der Gruppenratsvorsitzenden Petra Kaiser bestand, und dem Rest der Klasse an, also jener

Masse, deren Aktivierung vor allem in den Augen von Marga Bolz und Frau Schimmelpfennig so erschreckend problematisch war. Und da hatten wir nun also zusätzlich den Salat durch Maikels voreiligen Probenplan.

Im Dämmerlicht des oberen Korridors sah mich Maikel nochmals an, als erwarte er von mir die überraschende Lösung. „Mann, mittwochs von drei bis fünf, das wäre so klasse gewesen", flüsterte er, während er an die hellgrün gestrichene Holztür klopfte, an der das Pappschild *MANFRED WOLTERS, Leiter,* klebte.

Wolters war ein kleiner, ziemlich dicker Mensch so Mitte Dreißig. Ich hatte ihn ein paar Mal gesehen, aber noch nie mit ihm gesprochen. „Na, noch ein Problem, Jugendfreunde", lärmte er und gab mir die Hand, die feucht war und weich. Im Zimmer stand ein merkwürdig süßer Geruch. Maikel, der ja wohl öfter hier war, ließ sich auf das Sofa fallen und stöhnte: „Geht doch nicht mittwochs, Herr Wolters. Da müssen wir Musiker nämlich zum FDJ-Nachmittag!"

Ich grinste in mich hinein, weil Maikel *wir* gesagt hatte.

„Na, ich hab mich schon gewundert", gab Wolters zu und setzte sich hinter seinen Schreibtisch. „Schließlich kämpfen die meisten unserer Kapellen um den Titel ‚Hervorragendes Volkskunstkollektiv'! Dazu gehört gesellschaftliches Engagement, Jugendfreunde!" Hinter ihm an der Wand lächelten Walter Ulbricht links und Willi Stoph rechts vor hellblauem Hintergrund aus ihren verglasten Bilderrahmen. Wir finden eine Lösung, schienen sie zu sagen. Wolters griff zum Telefon, die Wählerscheibe surrte nur zwei Mal zurück. „Ditte, kommst du mal eben kurz rüber", sagte Wolters und knallte den Hörer betont schwungvoll auf die Gabel. „Wir finden eine Lösung, Jungs", sagte er jetzt wirklich, und ich musste aufpassen, dass ich nicht loslachte.

Im nächsten Moment schob sich Frank Dietrich ins Zimmer, der Schlagzeuger der *SATURNS*. „He, Mensch", begrüßte er Maikel und nickte auch mir freundlich zu. „Was gibts denn so locker vom Hocker?"

„Wir wollen 'ne Kapelle aufmachen, Ditte", sagte Maikel, „und wir finden keine freie Probenzeit." „Mittwochs ist noch frei", kam es wie auf Kommando, und ich sagte: „Geht nicht – FDJ-Nachmittag!"

„Ach ja", sagte Ditte gedehnt und überlegte. „Eine eigene Kapelle, Maikel! Hast es wohl satt, nur hin und wieder bei uns die zweite Geige zu spielen, was?" Er blickte zu Wolters. „Ist aber richtig so! Aus denen könnte was werden, echt!"

„Dazu müssten wir erst einmal üben können, Ditte", stellte Maikel sachlich fest.

„Hast du schon mit deinem Bruder gesprochen? Nein? Na, macht nichts. Ich denke, das kann ich verantworten: Wir geben euch eine von unseren Probenzeiten ab." Ditte blickte wieder hinüber zu Wolters, als müsse der bei allem zustimmen. „Wir stehen mit den *SATURNS* drei Mal pro Woche im Buch, und da ist auch viel Leerlauf bei, Chef. – Donnerstagabend, von sechs bis acht?"

„Ihr sollt aber in die Oberstufe rein, mindestens, beim nächsten Leistungsvergleich!" gab Wolters zu bedenken.

„Na, das schaffen wir doch locker vom Hocker", versicherte Ditte, und Maikel meinte trocken: „Zur Not helfe ich bei eurem Vorspiel noch dieses Mal aus!" Wir lachten ein bisschen.

„Na bitte!" Wolters grinste zufrieden. „Da haben wir doch für alles 'ne prima Lösung gefunden, Jugendfreunde" – er bückte sich ächzend hinter seinem Schreibtisch und beförderte eine halbvolle Flasche mit einer orangefarbenen Flüssigkeit hervor – „und das sollten wir besiegeln!"

Er schraubte flink den Deckel ab. Ditte leckte sich die Lippen, und Maikel guckte rasch zu mir, verdrehte die Augen und zog die linke Braue hoch. Wolters nahm als Erster einen ziemlichen Schluck und reichte die Flasche seinem Fachmethodiker für Tanzmusik, der nicht nachstand: „Locker vom Hocker, Jungs!" Dann setzte Maikel an. Ich kannte ihn ja gut und sah, dass er keinen Tropfen wirklich runterschluckte. Aber es sah echt aus, wahrscheinlich echter als bei mir, denn Ditte und Wolters lachten gutmütig, als ich die Flasche zurück reichte. Apricot-Brandy, und ich konnte nun auch den süßlichen Geruch, der mir vorhin gleich aufgefallen war, seiner Ursache zuordnen.

Wolters wog die Flasche unschlüssig in der Hand. Ob er nach einem Grund suchte, sie nochmals kreisen zu lassen? Eine günstige Gelegenheit. Ich rutschte ganz vorn an die Sofakante.

„Vielleicht könnten Sie uns da noch bei etwas unterstützen. Wir würden nämlich gern als Vorband bei den *Hollies* spielen, Pfingsten in Berlin!"

Maikel guckte mich überrascht an, und Wolters lachte schallend. „Warum nicht gleich mit den *Rolling Stones* in

Woodstock?!", trompetete er. Sein Bauch hüpfte hinterm Schreibtisch auf und nieder, und der Apricot-Brandy tropfte auf die Tischplatte.

„Woodstock wird sich wohl nicht wiederholen lassen," sagte Maikel leise. „Und die Stones waren übrigens gar nicht dabei."

„Na ja, schon gut." Wolters Lachen erstarb ziemlich kläglich, und Ditte schaute nun schon etwas besorgt zu seinem Leiter. „Die *Hollies* in Berlin – woher habt ihr denn das Märchen?" lenkte er unsere Aufmerksamkeit auf sich.

„Man hört hier was und da was", sagte Maikel, und ich merkte seiner Stimme an, dass ihm das Thema nicht gerade angenehm war. „Also, 'ne Bekannte hat's gelesen."

„Gelesen?"

„Mann, Ditte, nun tu nicht so blöd, he!" – Maikel konnte sich da wohl ein bisschen herausnehmen, schließlich hatte er schon einige Male mit dem Fachmethodiker für Tanzmusik auf der Bühne gestanden – „Ihr müsst doch was wissen, über die FDJ und so!"

Wieder ging Dittes Blick zu Wolters. Der hob die Flasche und sang schrecklich schief: „Auf die *Ho-ho-ho-ho-Hollies* in Berlin ...", bevor er trank.

Maikel stand auf, ich ebenfalls. „Also, ich erkundige mich mal für euch, natürlich, Jungs", beeilte sich Ditte zu versichern. „Wenn da was dran ist, kriege ich das raus!" Er schob uns zur Tür. „Und wenn ihr diszipliniert probt bis Pfingsten und einen Gruppenentwicklungsplan einreicht, kann das ja durchaus was werden mit dem Auftritt. Also, donnerstags ab sechs!"

Maikel und ich standen wieder im spärlich beleuchteten Korridor vor der hellgrünen Tür. Die Luft war muffig hier, aber immerhin frei von ekliger Süße.

„Lass uns doch mal runter in den Bunker gehn", schlug Maikel vor. „Da proben heute die *MATADORS*. Wenn die Pause machen, können wir vielleicht schon mal kurz an die Instrumente ran...?!"

Offenbar besaß jeder Winkel des Klubhauses seinen eigenen Mief. Da unten im Probenkeller kämpfte die frische Februarluft, die durch die offenstehenden, schmalen Fenster strömte, gegen den stehenden Zigarettenqualm. Vergeblich.

XIV

Markus saß auf seinem alten Teppich, hatte die Beine kompliziert gekreuzt und rauchte. Er sah Maikel nicht an, als er sagte: „Du musst schließlich wissen, was du willst. Ich bin nur dein Bruder, was soll ich da sagen?" Er hustete, und wir schwiegen.

Es war ziemlich kühl bei ihm hier oben unterm Dach. Die schrägen Wände waren mit Sauerkrautplatten nur roh verkleidet. Das Dachfenster stand fast immer offen, denn Markus konnte den Qualm seiner filterlosen Zigaretten selbst nur schwer ertragen, wie er sagte. Der gusseiserne Kanonenofen, den Markus nicht sehr fachmännisch an den durch den Raum verlaufenden Kamin angeschlossen hatte, bekam so dicht unterm Dach schlechten Zug und wärmte kaum. Trotzdem saßen wir gern hier. Überall Bücherstapel, beschriebenes Papier, Notenblätter.

Dazwischen lag eine Gitarre herum, so ein richtiges altes Wanderholz. An der Giebelseite unterm Fenster hatte Markus ein Brett als Schreibplatte verkeilt. Darauf stand die wuchtige schwarze Schreibmaschine, deren Tacken manchmal nachts durch Pfarrhaus drang. Den vorderen Rand der Holzplatte hatte Markus mit einer Klaviertastatur in Originalgröße bemalt, sorgfältig schwarz und weiß, mit Hochglanzlack. Manchmal saß er versunken davor, ließ seine Finger über die imaginären Tasten gleiten und versank in der Musik, die nur er im Innern hören konnte. Dafür bewunderte ihn sogar Maikel.

„Ich will nicht, dass du denkst, ich würde dich verraten, Markus", sagte Maikel vorsichtig, und ich staunte wieder mal, wie sanft die Brüder miteinander sprachen. Markus zupfte sich am Bart und schwieg.

„Aber wenn die FDJ unsere Gruppe unterstützt, ist eine Menge für uns drin! Weißt du, ich werde auch dort sagen, was ich denke. Und meine Gedanken sind nicht abhängig von dem Hemd, das ich vielleicht mal trage!"

„Genau, das Blauhemd" – Markus lächelte – „das kann ich mir allerdings schwer vorstellen an dir, Bruder Michael. Und Mutter wird dir sicher keins kaufen."

„Ich hab ja nicht gesagt, dass ich da gleich richtig mit mache. Ich werde morgen erst mal so hin gehen …"

„Und wenn, dann borge ich ihm später eins von meinen", sagte ich. „Sitzt zwar sicher ein bisschen locker, aber das geht schon."

„Na, dann", sagte Markus, zog nochmal an seiner Zigarette und drückte den glimmenden Rest in den Aschenbecher, der neben ihm stand. „Vielleicht bist du damit ja sogar mutiger als ich damals war, Micha. Hauptsache du machst es nicht wegen Wolters, dem Arsch, oder wegen eurer Schimmelpfennig oder so."

Maikel wurde rot. „Ich bin sogar ein bisschen neugierig, sag ich dir. Ist ja was anderes als Junge Gemeinde. Damit sind wir groß geworden, und gefragt hat mich da auch keiner. Dich etwa? Und hier kann ich mich dann selbst entscheiden."

„Klingt gut!" Markus lächelte, wie man am sich verschiebenden Bart mehr ahnen konnte, als dass man es sah. „Und wie klingt euer erster Titel, Jungs?"

„Das werden wir Donnerstagabend sehn", ergriff Maikel sichtlich erleichtert die Gelegenheit zum Themenwechsel. „Wir wollen gleich was Eigenes probieren. Tom schreibt nämlich klasse Texte, wusstest du das?"

„Nee", sagte Markus ehrlich überrascht; „seit wann denn das?", und nun war es an mir, verlegen zu werden.

Ich weiß noch genau, wann ich zum ersten Mal das Bedürfnis hatte, etwas Wichtiges aufzuschreiben. Das war kurz vor dem Ende meines ersten Schuljahres gewesen. Die fibelhafte Begegnung mit „Mimi am Fenster" und „Mama am Tisch", wobei Fenster und Tisch als farbige Abbildungen die einfachen Sätze ergänzten, hatte längst Spuren des Eifers hinterlassen, die Buchstaben im Übungsheft wurden gleichmäßiger und die ersten Worte fügten sich im Ausfluss des Füllfederhalters aus Strichen, Bögen, Spitzen und Wellen zu wirklich sinnvollen Gebilden. Ich erinnere mich genau an meine Verwunderung, die sich in den Stolz mischte, als ich zum ersten Mal das Wort

Tisch aufschreiben konnte und dadurch die bunte Zeichnung überflüssig machte. Nichts an der krakeligen Buchstabenfolge deutete wirklich auf den bezeichneten Gegenstand hin, und doch sagte jeder, dem ich den Zettel erwartungsvoll zeigte: Tisch – ja, und? Ich lächelte wissend, ging mit meinem Schriftstück weiter und ließ meine erwachsenen Familienmitglieder kopfschüttelnd zurück. Auch mein Bruder verlor jetzt einen Teil seiner Macht über mich, da ich Mutters Mitteilungszettel zunehmend selbst entziffern konnte und dadurch die Interpretation der häuslichen Aufgabenverteilung zwischen uns Brüdern Jochens Willkür enthoben wurde.

Dann kam jener Apriltag. Kurz vor dem Mittag stürmte Sommerfeld, der rothaarige Dorfpolizist, ohne anzuklopfen in den Unterricht unserer ersten Dorfschulklasse, den seine ebenfalls rothaarige, sommersprossige und sehr blasse Frau erteilte. Keuchend zog er sie vor die Tür und ermunterte uns durch Gesten, ihm zu folgen. Da standen wir alle auf dem Schulhof, starrten mit offenen Mündern hinauf zum bewölkten Himmel und vernahmen, dass dort oben im Weltraum tatsächlich ein Mensch in einer Flugkapsel eine Runde gedreht habe, so hoch, dass er selbst bei klarstem Wetter nicht zu sehen gewesen wäre. Ich dachte an die weißen Kondensstreifen, die unsere immerhin als winzige Punkte erkennbaren Jagdflugzeuge auf ihren häufigen Patrouillenflügen an der Westgrenze hinterließen, und an den Knall, wenn sie dabei die Schallmauer durchbrachen. Nichts war zu sehen, nichts zu hören. Und doch sei er grade da oben gewesen, dieser Gagarin, schnaufte Sommerfeld amtlich und zog sein Koppel straff. Ein roter Stern aus dem Sowjetland, ergänzte Frau Sommerfeld feierlich und schickte uns zur Schulspeisung. Es gab

Matschkartoffeln mit Gehacktesstippe und sauren Gurken, was diesem großen Ereignis in meinen Augen irgendwie unangemessen war. Aber ich verstand schon, dass eine Schulküche auf solche Überraschungen natürlich nicht unmittelbar reagieren kann. Immerhin wurde zum Nachtisch Griespudding mit Himbeersoße gereicht.

Als ich nach der Schule nach Hause kam, hatte ich erstmals dieses bestimmte Gefühl, etwas Wichtiges miterlebt zu haben. Zwar war ich selbst nicht direkt beteiligt, doch ich wollte es mir merken, und dazu – das hatte ich schon erkannt – war es günstig, es aufzuschreiben. „Mach dir doch'n Merkzettel, Junge", sagte Großvater stets, wenn Jochen etwas vergessen hatte. Also setzte ich mich an den Küchentisch, der auch als Hausaufgabenplatz diente, und bastelte mir auf einem Zettel die Buchstaben so zurecht, wie ich mir den Namen gemerkt hatte: GARKARIN. Klar, Karin kam ja als Name im Lesebuch vor. ERSTER KOSMONDNAUT, schrieb ich stolz darunter und versuchte mich an einer Illustration, die allerdings in jenen Sputnik mit den vier Antennen mündete, der seit ein paar Jahren durch die Welt sauste und natürlich auch im Leben eines Jungpioniers seine bleibenden Spuren hinterlassen hatte.

Dieses früheste Zeugnis einer aus innerem Bedürfnis entstandenen Aufzeichnung fanden Jochen und meine Eltern sehr lustig. So war es erhalten geblieben und hing jahrelang an der Wand meiner Kammer. Weitere Zettel waren im Laufe der Zeit hinzugekommen. Das Blatt über die Errichtung des antifaschistischen Schutzwalls in Berlin im August desselben Jahres wies einen ähnlich knappen Text auf, da die offizielle Bezeichnung des folgenreichen Bauwerks die schriftlichen Fähigkeiten eines Erstklässlers überstieg: Mauer in Berlin. Keine Rechtschreibfehler mehr. Dafür gab es wieder eine Illustration: Zwei Männer mit Maurerkellen, die eine rote Ziegelwand errichteten, daneben ein dritter mit Maschinenpistole vor der Brust. So was prägt sich schließlich ein.

Später wurden die Texte ausführlicher. 1964 hatte ich mich schon mal an einem Liedtext für das Deutschlandtreffen versucht: *Ich bin ein junger Pionier / und wär so gerne in Berlin. / Ich steh dort winkend im Spalier / doch leider lässt man mich nicht hin.* Das bezog sich lediglich auf die Tatsache, dass Schüler der vierten Klasse dort noch nichts zu suchen hatten. Trotzdem schritten meine Eltern mit energischem Verbot ein, als ich den Vers auf eine Melodie, die unserer Nationalhymne wohl ziemlich ähnlich geraten war, ständig durch Haus trällerte. Schließlich kauften alle wichtigen Menschen des Dorfes – vom Abschnittsbevollmächtigten über den Vorsitzenden der LPG bis hin zum Bürgermeister, den Lehrern und den Hortnerinnen – bei uns ein, und wie mir später klar wurde, hätte der unschuldige Text da durchaus einen falschen Eindruck hervorrufen können.

Eine längere Niederschrift entstand beispielsweise im Sommer 67 zum Sechs-Tage-Krieg der Israelis. Ich drückte meine Verunsicherung aus, dass die jetzigen Okkupanten jene Juden sein sollten, von denen ich bisher gelernt hatte, dass Millionen von ihnen durch deutsche Nazis im 2. Weltkrieg umgebracht worden waren. Auf dem Schulhof hatte ich dann einen Judenwitz aufgeschnappt, den ein älterer Schüler erzählte, und nicht gewusst, ob ich nunmehr darüber lachen durfte. Zu dem Zeitpunkt kannte ich ja Maikel noch nicht. Doch auch wenn – über seine offenbar jüdische Abstammung sprach er eigentlich nie, was mir in einem evangelischen Theologenhaushalt verständlich erschien.

Ein anderes Blatt datierte vom Spätsommer 1968. Wenige Tage, bevor ich erstmals die Erweiterte Oberschule in unserer Kreisstadt betreten würde, hatten die Streitkräfte des Warschauer Vertrages in Prag auch meine glückliche Zukunft entschlossen beschützt. Das *Neue Deutschland*, das täglich gegen Mittag neben der *Jungen Welt* in unserem Hoftor steckte, zeigte am Folgetag auf einem Foto Kinder, die am Wenzelsplatz mit Blumen auf einem sowjetischen Panzer herum kletterten. *Die Sprache, die sie verstehen!*, titelte das Zentralorgan dazu – wohl ohne direkten Bezug zu den Kindern. Ich hatte noch überlegt, ob ich zu meinem dankbaren Text das Zeitungsbild kleben sollte, wie ich es bei anderen Themen auch getan hatte, da war die Zeitung schon – viel schneller als sonst – von meinem Großvater zum Altpapier gelegt worden. Überhaupt war in jenen Tagen die Stimmung im Laden merkwürdig gereizt, und die schmackhaften Fruchtwaffeln aus der ČSSR fehlten seitdem im Regal.

Insgesamt waren so rund dreißig Blätter zusammengekommen mit Namen und Ereignissen, und als ich sie vor meinem Umzug ins Pfarrhaus Lohmann-Kirszenstein von der Wand meiner alten Schlafkammer nahm und in eine Mappe legte, dauerte das eine ganze Weile. Ich saß auf dem Bett, hatte das vergangene Jahrzehnt auf dem Schoß und las mich hindurch. All die Dinge, die da stattgefunden hatten und durch die ich irgendwie hindurchgegangen war. Es war, als seien die Ereignisse, von denen ich las in meiner eigenen Schrift und mit meinen eigenen Worten, durch diese indirekt mit jenem Gefühl verbunden, das mich seinerzeit beim Aufschreiben beherrscht hatte und das sich nun beim Lesen als Ahnung wieder einstellte. Hatte ich Spuren hinterlassen? Wohl kaum. Hatte es mich verändert?

Gerade hatten wir im Unterricht jene chemischen Reaktionen behandelt, die nur in Anwesenheit eines Katalysators abliefen. Das fand ich interessant: Sich selbst nicht verwandelnd, nur den Wandlungen ringsum zuschauend oder diese gar auslösend. Ein Hauch von Ewigkeit, faszinierend.

Ich war ja selbst verblüfft, was sich da – so scheinbar zufällig entstanden – nun in der Zusammenschau ergab: Ein Jahrzehnt des Aufbruchs in den Weltraum: Valentina Tereschkowa und Alexej Leonow. Neil Armstrong auf dem Mond. Bei Garkarin hatte ich inzwischen ein schwarzes Kreuz hinzusetzen müssen. Ein Jahrzehnt auch des Sports: Wie aus Cassius Clay ein Muhammed Ali wurde, der dann lieber ins Gefängnis ging als für die USA in Vietnam zu kämpfen. Schneller, weiter, höher: Bob Beamon und Dick Fosbury. Zu Letzterem die Geschichte, dass mich mein neuer Sportlehrer in der 9. Klasse – das Erlebnis der Olympiade in Mexico City war noch frisch – anfauchte, ich solle gefälligst nicht diesen imperialistischen Sprungstil kopieren. Im nächsten Frühjahr hatten sich dann fast alle Schüler umgestellt, nur unser Sportlehrer hielt bei der Benotung zäh fest am Wälzer (nicht einmal die Bezeichnung Straddle ließ er gelten!) und an dessen Verkörperung, dem sowjetischen Ausnahmespringer Waleri Brumel. Und ein Jahrzehnt der Idole: Es gab da einen überraschend symbolreichen Text, den ich mit 14 über Mick und Keith und Satisfaction (das ich mir seinerzeit verschämt und fasziniert mit Selbstbefriedigung übersetzte) geschrieben hatte. Daneben Ché Guevara, das legendäre Gesicht. Und Tamara Bunke, die Kampfgefährtin, die aus unserem behüteten Land fort- und in den Tod gegangen war. Die *Junge Welt* hatte ihr im Vorjahr eine ganze Serie gewidmet. Manches hätte ich anders geschrieben, vom Gefühl her. Da hatte ich zum ersten Mal gedacht, dass ich später vielleicht Journalist werden sollte. Oder Dichter? Wobei ich schon ahnte, dass es da Unterschiede gab. Der Eine schrieb über Erfahrenes, der Andere, um zu erfahren. Mal sehen, was mir wichtiger werden würde.

Maikel hatte die Mappe, die natürlich mit umgezogen war, in unserem Zimmer bald in die Hände bekommen und interessiert durchgeblättert. Da lagen auch schon ein paar Gedichte dabei. Ich erzählte vorsichtig von meinem Katalysator-Gefühl. Er lachte nicht, dachte einen Moment nach und erzählte mir dann die Geschichte von Ahasver, dem Juden, der verdammt war, ruhelos umherzuwandern bis in alle Ewigkeit. Unverletzlich und nicht alternd. Mich fröstelte.

Maikel hatte sich Markus' Gitarre gegriffen und rasch jene Akkordfolge wieder gefunden, die er am Nachmittag im Keller des Jugendklubhauses in einer Probenpause der MATADORS gespielt hatte. Er nickte mir zu, und ich brummte mit roten Ohren und starr aus dem Fenster gerichtetem Blick:

An manchen Tagen, / da geht dir tierisch auf'n Geist, / dass dich ständig Leute fragen, / wer du bist und wie du heißt.

Ein flackernder Blick zu Markus ergab, dass der durchaus nicht grinste. Also hängte ich noch die zweite Strophe dran:

An manchen Tagen, / da hast du genug davon geschluckt / und es schlägt dir auf den Magen, / dass man dir in die Suppe spuckt.

Jetzt lächelte Markus doch, aber nicht so von oben herab wie sonst meist.

An diesen Tagen, / da fehlt dir leider noch der Mut, / diesen Leuten klar zu sagen, / dass man so etwas nicht tut!

Maikel schrammte als Schlussakkord in die Subdominante und grinste: „Trugschluss!"

„Na, das passt ja", sagte Markus und verknotete seine langen Beine andersherum, ohne sich vom Teppich zu erheben. „Habe ich da vielleicht grade ein bisschen Frust auf Kallweit, Hofmann und Co. herausgehört, Thomas?"

„Vor allem auf zwei Lackaffen im Hintergrund", antwortete Maikel an meiner Stelle und legte die Gitarre weg. „Jedenfalls denke ich, wir sollten wirklich was Eigenes ausprobieren. *Stones* nachspielen und *Creedence Clearwater* ist das eine. Hätten die *Stones* ewig nur ihren ollen Rock'n'Roll nachgespielt, wären sie nicht die *Stones* geworden. Ich werde in ein paar Tagen sechzehn. In dem Alter hatte Mozart schon etliche Sinfonien geschrieben, glaube ich!"

Markus lachte und streckte sich. „Der Jugend gehört doch immer die Zukunft, Bruder Michael! Ich bin nur gespannt, wie die hauptamtliche Jugendfreundin Marga Bolz auf deine Sprüche und solche Texte von Tom reagieren wird." Und er sang mit seiner schönen Baritonstimme, die einst dem Kammerchor der EOS zu künstlerischem Glanz verholfen hatte und die auch durch Filterlose und Beatnächte noch nicht beschädigt worden war: „... es bleibet dabei: Die Gedanken sind frei!"

XV

Es musste schon lange nach Mitternacht sein. Das Fenster stand offen, und von der schadhaften Dachrinne tropfte geräuschvoll das Schmelzwasser. Sollte dieser Winter endlich zu Ende gehen? Drei Monate Schnee – ich konnte mich nicht erinnern, so etwas schon einmal erlebt zu haben. Eigentlich fing das Brockenmassiv sonst einen Großteil der Niederschläge ab, die von Westen kamen, und wir Kinder freuten uns schon, wenn der Rodelberg am Dorfteich für einige Tage genutzt werden konnte. Einmal hatte es allerdings Schnee in Massen gegeben. Die Straßen waren dicht. Die Leute gruben sich von einem Haus zum nächsten. Ich war damals noch so klein, dass ich durch die fertigen Gänge laufen konnte, ohne von draußen gesehen zu werden. Aber auch dieser Schnee war schon nach einer Woche weggeschmolzen.

Ich drehte mich im Bett auf die linke Seite und masturbierte leise. Das ist schon blöd, wenn man nicht allein im Zimmer schläft. Allerdings standen unsere Betten diagonal in den Ecken des nicht eben kleinen Raumes, Maikels zudem noch in einer Wandnische. Außerdem schlief er fest, wie an seinem gleichmäßigen, etwas schniefenden Atem zu hören war. Trotzdem wurde mein Glied nicht richtig steif. Ich versuchte, an Frauke zu denken, aber das war mir sofort peinlich. So drehte ich mich wieder auf den Rücken und starrte an die Decke. Wenn man lange genug hinsah, konnte man das rautenförmige Stuckelement, in dessen Mitte der Stiel der dreiarmigen Lampe hineinstieß, undeutlich wahrnehmen. Der Anblick erinnerte an gewisse Kritzeleien auf der Jungstoilette, denen Alwin Berg dann laut schimpfend mit Spachtel und Farbe den Kampf ansagte, und passte irgendwie nicht hier her.

Alle Jungs in unserer Klasse sagten *onanieren* dazu. Wenn sie überhaupt darüber sprachen, was nicht alle taten. Nur Maikel nicht und ich. Kurz nach meinem Einzug ins

Pfarrhaus war ich mal ins Bad gekommen, als Maikel es gerade unter der laufenden, warmen Dusche machte. Wir starrten uns an, ich ging rückwärts wieder raus und dachte, nun ist unsere Freundschaft gleich im Eimer. Maikel kam zehn Minuten später im Bademantel ins Zimmer und grinste. Ob ich so was unter dem Dach Gottes nicht erwartet hätte, fragte er und rubbelte sich die Haare trocken. Ich war ziemlich verlegen, zumal Maikels Bademantel am Unterleib immer noch deutlich abstand. Unter der Dusche hinterließe es wenigstens keine Flecken, meinte Maikel und schlüpfte in die Turnhose. Masturbierst du nur im Bett, Mann?

Ich muss ziemlich überrascht geguckt haben, und Maikel brauchte eine Weile, um zu merken, dass es mir nicht um den Ort ging, sondern um das Wort. Er stieg in seine Hosen, zog den Pullover über und fuhr sich mit den gespreizten Fingern durch die Locken. Dann kam ein kleiner Vortrag über Onan, die biblische Figur, nach der die Selbstbefriedigung des Mannes fälschlicherweise benannt worden sei. Dabei habe der seinen Samen nur zur Erde fallen lassen, um eine Schwangerschaft zu verhindern. Maikel schlug sofort die Bibelstelle nach und las sie mir vor, was aber wegen der gestelzten Sprache weniger Eindruck auf mich machte als Maikels sonstige Rede. Geh mit der Frau deines Bruders die Schwagerehe ein ...; komische Forderung des Vaters an Onan. Was er tat, missfiel dem Herrn, und so ließ er auch ihn sterben.

Coitus interruptus, sagte Maikel – also sei Onanieren eigentlich unterbrochener Geschlechtsverkehr. Und das hier sei Masturbation, wissenschaftlich gesehen.

Ich war damals noch auf dem Niveau der *Junge-Welt*-Rubrik *Unter vier Augen*, in der die Liebe meistens als öffentliche Angelegenheit eines Jugendkollektivs erschien. Ob Maikel sein Wissen wohl von Dr. Sommer aus seiner *BRAVO*-Sammlung bezog oder ob ihm vielleicht Frau Pastorin Lohmann-Kirszenstein selbst mit Hinweisen auf die entsprechenden Bibelstellen bei der Mannwerdung half? Meine Eltern konnte ich mir schwer als Gesprächspartner vorstellen. Als ich mit dreizehn – übrigens in der häuslichen Badewanne – die zusätzliche Funktion meines Schwanzes bei der anempfohlenen gründlichen Reinigung desselben zufällig und eher erschrocken entdeckte, musste meiner Mutter doch aufgefallen sein, dass da nicht nur Seifenschaum im Badewasser schwamm. Doch sie sagte nichts, und ich sagte auch nichts. Vielleicht hätte ich Jochen gefragt. Doch der schipperte irgendwo im finnischen Meerbusen herum, um Holz zu holen. Meerbusen! Ein Wort, das die Phantasie eines Dreizehnjährigen schon zu beflügeln vermochte.

Aber es ist nicht sehr wahrscheinlich, dass ich ihn gefragt hätte, auch wenn er da gewesen wäre.

He, Mann, hatte Maikel grinsend gesagt, nun geh auch mal unter die Dusche, bevor du hier platzt. Kannst ja die Tür von innen zusperren.

Tatsächlich war meine Hose während seiner bibelfesten Aufklärungsstunde bedenklich angeschwollen. Mit hochrotem Kopf war ich dann abgetrabt. Und meine Freundschaft mit Maikel hatte damit wohl richtig begonnen.

Wir hatten beide noch mit keinem Mädchen geschlafen. Wer hatte das schon in unserem Alter? An meiner alten Schule war ein Sechzehnjähriger in meiner Klasse gewesen, der einige Ehrenrunden hatte drehen müssen. Begriffen hatte er dabei immer noch nicht viel. In den Pausen allerdings wusste er uns mit detailreichen Schilderungen seiner – angeblichen? – Weibergeschichten zu unterhalten. Auch offenbarte er auf kleinformatigen Strichzeichnungen, die zusammengefaltet die Klasse durchwanderten, eine bemerkenswerte Mischung aus Talent und Phantasie. Zumindest bei uns Jüngeren brachte ihm das die Aufmerksamkeit ein, die ihm ansonsten verwehrt blieb. Und mit diesem Fundus an einschlägigen Begrifflichkeiten und recht abstrakten Vorstellungen von der Sache zwischen Mädchen und Jungen war ich dann zur EOS gekommen.

Der Fundus hatte sich hier kaum erweitert, was ich inzwischen nicht mehr bedauerte. Leider war auch meine praktische Erfahrung in dieser Sache nicht vorangekommen. Doch als Musiker in einer Beat-Combo war man auf dem richtigen Weg, dessen war ich mir sicher. Und nun konnte ich vor dem Wiedereinschlafen doch noch an Frauke denken, ohne im Dunkeln zu verglühen.

XVI

Was Maikel vorher mit Marga Bolz, der hauptamtlichen FDJ-Sekretärin unserer Schule, beredet hatte, wusste ich nicht. Ich sah nur beide vor dem Aufenthaltsraum stehen, in dem unser FDJ-Nachmittag stattfinden würde. Maikel sprach zuerst, dann holte Marga Bolz tief Luft, wobei sich ihr Busen – von uns respektlos *die blauen Berge* genannt –

bedeutungsvoll hob, und antwortete gestenreich. Maikel sah sie aufmerksam an, so viel konnte ich sehen. Das war eine seiner bemerkenswertesten Eigenschaften: Er ließ seinen Gesprächspartnern immer viel Raum zum Reden, hielt sie dabei aber fest im Blick. Mich hatte das zuerst ziemlich verunsichert. Bei uns zu Hause war es irgendwie nicht üblich, auch noch angeguckt zu werden beim Reden. Jeder wusste auch so, wann er gemeint war. Die Gespräche fanden ja meist irgendwo zwischen Tür und Angel statt, im Sinne des Wortes. Mein Vater befragte mich, im Laden an der Kasse stehend, nach den Vorkommnissen des Schultages. Dabei behielt er stets die Ladentür im Blick, obwohl die Schelle verlässlich jeden Kunden melden und begrüßen würde. Mutter redete durch die offene Küchentür mit mir, die Hände im Abwasch. Jochen rief irgendwas durchs Haus und war verschwunden. Meine Großmutter sprach ohnehin kaum. Der Einzige, der sich mir zuwandte, wenn er mich ansprach, war Großvater Johann. Aber auch der hatte wenig Zeit, natürlich. Was für ein Unterschied: Im Pfarrhaus Lohmann-Kirszenstein schienen die Uhren anders zu laufen. Und man hielt sich mit Blicken fest, die mal eine Fessel sein konnten und mal eine Stütze. Nur gestern in Hofmanns Dienstzimmer hatte Maikel seine Prinzipien verletzt und niemanden angesehen. Vielleicht, weil Verhöre nicht zu diesen Prinzipien passten.

„Freundschaft", sagte Marga Bolz vorn am Präsidium und sah sich um. Petra Kaiser, unsere FDJ-Sekretärin, hatte dort schon Platz genommen. Wir anderen saßen zu viert an den Klubtischen, auf denen kleine Kunstblumensträuße standen, eine aktuelle Errungenschaft unserer heimischen Produktion. Unter den Glasvasen lagen Papierdeckchen. Sie waren mit silbernen Schneeflocken und goldenen Sternchen bedruckt und von der Weihnachtsfeier übriggeblieben.

In unsere gemurmelte Antwort hinein öffnete sich die Tür, und Frau Schimmelpfennig kam, etwas außer Atem. Sie habe eben noch das Gespräch mit Genossen Hofmann gesucht, ließ sie Marga Bolz und uns wissen. Die Bolz nickte, und Petra Kaiser zog unserer Klassenlehrerin einen freien Stuhl heran.

„Auf unserem Arbeitsplan steht heute eigentlich die Diskussion darüber, also, wie kann ich mich, oder wie kann sich jeder von uns dem hundertsten Geburtstag von Wladimir Iljitsch würdig erweisen und damit die Freundschaft zu den Völkern unseres sowjetischen Bruderlandes stärken." Margas Blick schweifte zur Seite. Dort hing die mit Zeitungsausschnitten, Fotos und handgeschriebenen Texten auf rotem Stoff gestaltete Wandzeitung. Offenbar hatte Jonathan Hegenbarth dazu die Anregungen geliefert, denn links war der Name Prellmuth Heißler zu erkennen. Die etwas unbeholfene Schülerzeichnung im Mittelpunkt sollte wohl Lenin darstellen. Es sah aus, als würde Lenin Margas Blick erwidern. Zumindest musste es Marga so scheinen, denn sie lächelte ihm beruhigend zu.

„Große Brüder werfen lange Schatten", flüsterte Juks, der an unserem Tisch saß, mit bedeutungsvollem Unterton.

Marga sah triumphierend zu uns herüber, bevor sie sagte: „Aber als Punkt Nulltens haben wir noch ein anderes Thema, Jugendfreunde. Willst du, Lisbeth?"

Frau Schimmelpfennig erhob sich wieder. „Ihr habt sicher schon gesehen, dass wir heute – Zuwachs haben?" Sie schaute sich rasch um und war sichtlich erleichtert, als sie Maikel entdeckte, was ja nicht schwierig war, da er als einziger im Raum – von Frau Schimmelpfennig selbst mal abgesehen – kein Blauhemd trug. „Ich persönlich freue mich, dass Michael Lohmann diesen Schritt auf unsere Gemeinschaft zu tut", fuhr sie fort. „Das macht es uns allen vielleicht etwas einfacher, mit diesem, nun ja, diesem Problem fertig zu werden."

Im Raum wurde es unruhig. Niemand außer Maikel und mir wusste schließlich, wovon die Schimmelpfennig überhaupt redete. Sie schien das zu spüren und wurde unsicher. Ich dachte, dass sie sich jetzt wohl nach einem ihrer markigen Tafelsprüche sehnte, über den wir hätten diskutieren können. Etwa *Die Rolle des Kollektivs für die Persönlichkeitsentwicklung des Einzelnen in der sozialistischen Menschengemeinschaft* oder so ähnlich.

„Vielleicht wollen Sie ja selbst etwas dazu sagen, Michael?" Frau Schimmelpfennig setzte sich, und auch Marga Bolz bewegte nur die blauen Berge.

Ich sah Maikels angespannte Gesichtszüge. Oh Mann, musste der sich bescheiden fühlen. Ich hätte ihm gern die Hand auf die Schulter gelegt, doch da hätten alle gelacht. So rückte ich nur auf meinem Stuhl ein ganz klein wenig näher an ihn ran.

„Es gibt da gar nicht viel zu sagen", begann Maikel ohne großen Anlauf. „Ihr kennt mich, und ich bin gern mit euch zusammen. Es interessiert mich, was hier läuft. Ich will selbst sehen, ob das zu mir passt. Euch hat man sicher nicht weiter gefragt, als ihr vor zwei Jahren vom Seid bereit zum Freundschaft gewechselt habt …"

„Na, Jugendfreund, du ... ähm, also, Sie können das sicher nicht wissen, aber alle Jugendlichen leisten da ja einen Eid ..." Marga Bolz blickte scharf durch den Raum, in dem hier und da gekichert wurde.

„Ich will nur sagen, dass ich hier nicht mit wehenden Fahnen ankomme und so tue, als hätte ich das Kommunistische Manifest geschrieben", sagte Maikel ruhig. „Die Bibel kenne ich mit Sicherheit besser, wie man sich denken kann. Vielleicht interessiert das ja auch mal wen, und wir könnten uns gegenseitig, na ja, bereichern?!"

„Durchaus, doch, doch", schaltete sich Frau Schimmelpfennig ein. „Jesus hatte schließlich auch so Ansichten, die gegen die Herren seiner Zeit gerichtet waren. Da ließe sich doch was draus machen, Michael! Vielleicht demnächst in Staatsbürgerkunde?"

Maikels linke Augenbraue wanderte auf der Stirn bedenklich weit nach oben, und ich musste grinsen. „Vielleicht, Frau Schimmelpfennig", sagte Maikel knapp, „obwohl ich glaube, dass Jesus in keinem Staat ein guter Bürger gewesen wäre!"

Frau Schimmelpfennig schaute überrascht aus, und Margas blaue Berge wurden von einem heftigen Beben heimgesucht, mindesten *sechskommasex* auf der nach oben offenen Richterskala, wie Juks anzüglich bemerkte. Ich konnte diesmal nicht lachen. Die Sache drohte aus dem Ruder zu laufen, weil Maikel die Regeln nicht kannte: Konstruktive Selbstkritik!

„Es geht vor allem auch um unsere Combo", warf ich hastig ein. „Ihr habt doch alle die Diskussion in der *Jungen Welt* verfolgt: Wir brauchen eine Tanzmusik, die modern ist und die zu uns passt. Weniger Bigband und so!" Juks und Henning nickten Zustimmung, ein paar Mädchen auch, und Franzheinrich wirbelte mit den Fingerknöcheln kurz über die Tischplatte. Nur Maikel sagte nichts, sah mich aber aufmerksam an. Ich stand auf, schluckte meinen Kloß runter und geriet in Eifer. „Also, ihr wisst, dass Maikel, ich meine Michael hier, manchmal mit den *SATURNS* auftreten darf. Die spielen alles nach: *Stones* und ... *Steppenwolf* und ..." – ich suchte dringend nach ideologischem Ausgleich. Juks erkannte die Sackgasse als Erster und sprang mir bei: „... und *Horst Krüger* zum Beispiel, oder die *Roten Gitarren!*"

Jetzt murmelten alle Mädchen zustimmend. Der Schmachtfetzen *Anna Maria* der polnischen Combo war gegen Ende jedes Tanztees ein tatsächlich beliebtes Stück, das Engtanzen ermöglichte und zudem noch der geforderten 60:40-Relation entsprach. Und Marga Bolz war wohl schon vom Gruppennamen angetan, obwohl der kaum etwas mit dem roten Oktober zu tun haben dürfte.

„Und genau das reicht Maikel nicht mehr aus", setzte ich fort. „Wir wollen mit unserer Combo dem Nachspielen einer *Mokka-Milch-Eisbar* etwas Eigenes entgegensetzen. Rundfunk, Fernsehen und Schallplatte haben in der Zeitung erklärt, dass sie großes Interesse haben an jugendgemäßer Tanzmusik. Es soll Talent-Werkstätten geben, Leistungsvergleiche und andere Förderungen."

„Das ist doch fast so etwas wie ein – FDJ-Auftrag?" stellte Franzheinrich herausfordernd in Richtung Präsidium fest.

„Wenn ich das also richtig verstehe, Jugendfreunde, wollt ihr so eine Combo gründen. Das ist doch so, Michael?" Marga Bolz entnahm ihrer Aktentasche einen Schnellhefter und schlug ihn auf. „Aber dazu gehört auch ideologische Klarheit! Nicht nur das *Was*, vor allem ist das *Wie* entscheidend. Und das *Warum*, Jugendfreunde! Wenn ich hier lese, dass im Westen eine Combo wie *Pink Floyd* das Publikum mit riesigen Verstärkeranlagen zudröhnt und mit Lichtorgeln in eine Traumwelt entführt, dann ist wohl klar, dass das nicht unser Ziel sein kann. Oder hier" – sie schwenkte uns die eingeheftete Zeitungsseite so entgegen, dass die fette Überschrift *Wie schmeckt der heiße Brei aus Beat und Pop?* deutlich erkennbar war – „hier lese ich, dass bei einem Konzert dieser *Rolling Stones*, während sie passenderweise von Sympathie für den Teufel singen, mal eben so ein Mensch erstochen wird. Noch dazu, natürlich, wir sind in Amerika, ein schwarzer Mensch. Ein Gefährte von Angela Davis, von Martin Luther King."

Marga Bolz hatte sich wirklich gut vorbereitet auf diesen nullten Tagesordnungspunkt, alle Achtung. Nach einem kurzen Zwischenhub ihrer Bluse holte sie zum nächsten Schlag aus: „Und in den Beat- und Gammlerzentren der westlichen Welt, heißt es hier, in Rauschgiftkellern und sogenannten Kommunen entsteht jetzt eine aufpeitschende Untergrund-Musik, die unserer positiven Lebensauffassung hohnlachend das Fass ins Gesicht schlägt!"

Marga guckte jetzt richtig wütend, als müsse sie sich in ihrer Funktion täglich mehrere Stunden diesem unästhetischen Angriff des Klassenfeindes aussetzen. Wir schwiegen, und Frau Schimmelpfennig schlug nach einer Weile vor, man solle doch wieder zum Fall Michael Lohmann zurückkehren und diesen weiter diskutieren. Marga Bolz maulte, sie sei die ganze Zeit genau bei diesem Fall, sagte dann aber: „Bitte sehr, Lisbeth!"

Frau Schimmelpfennig zog nun ihrerseits die Trümpfe aus der Tasche: Das *Neue Deutschland* nämlich, das noch immer als Umschlag für Fraukes *BRAVO* herhalten musste, und einige weitere Blätter.

„Ja, leider macht das hier die Sache nicht leichter. Der Sachverhalt: Versteckt im Zentralorgan unserer Partei fanden wir, äh, fand sich also dieses – Heft hier"; alle machten plötzlich lange Hälse, und ich sah Annette und Marlene an, dass sie gerne nach dem Starschnitt gefragt hätten. *Andy Kim,* wenn ich mich recht erinnerte. „Können Sie uns das erklären, Michael?"

„Ich will es versuchen", sagte der und stand nun doch auf. „Also, ich denke, Sie wissen vielleicht nicht, dass so eine *BRAVO* für manchen von uns einen ziemlichen Wert darstellt. Es gibt darin Informationen, die auch Jugendliche in der DDR interessieren. Musik, Mode, Liebe. Was so in der Welt passiert eben."

„In der westlichen Welt, meinst du", bemerkte Petra Kaiser, und Marga nickte beifällig.

„Und die Zeitung war nur als Schutzhülle gedacht", ließ sich Maikel nicht aus der Ruhe bringen. „Es war nicht politisch gemeint."

„Es macht aber schon den Eindruck, Michael, das müssen Sie doch zugeben", bohrte Marga Bolz nach.

„Das tut mir wirklich leid, Frau Bolz", sagte Maikel mit entwaffnender Freundlichkeit. „Ich hoffe, die *BRAVO* hat nicht abgefärbt!"

Juks feixte mir zu, und auch ich freute mich über Marga, die nun hilflos aussah und wohl nicht wusste, wie sie Maikels Worte auffassen sollte. Oder auffassen durfte?! Frau Schimmelpfennig übernahm wieder die Initiative.

„Nun zu diesem hier!" Sie faltete das Blatt auseinander. Es war unsere Titelliste. Mir wurde etwas mulmig. „Ich lese hier" – Frau Schimmelpfennig buchstabierte es fast und sprach die Zahl obendrein deutsch aus – „*30 Greatest Of The Last Three Years*". Ich habe ja zuerst gedacht, es sei eine Übung für den Englischunterricht. Aber Frau Heintze hat Genossen Hofmann und mir gegenüber noch einmal bestätigt, dass sie derartige Aufgaben nie gestellt habe." Sie blickte Maikel fragend an. Der setzte sich.

„Na ja, es ist keine richtige Hausaufgabe, das ist korrekt", sagte ich, und meine Stimme zitterte etwas. „Aber es übt trotzdem unser Englisch. Und es ergibt sich die Möglichkeit, die künstlerischen Beispiele gemeinsam zu bewerten. Je mehr mitmachen, umso geringer ist die Aussicht, dass man falsch liegt. Schließlich" – und ich war selbst überrascht von meiner Logik – „schließlich kann der Einzelne wohl irren, nicht aber das Kollektiv!"

Wieder hatten wir das Vergnügen, einen imponierenden Hub der blauen Berge zu registrieren.

„Und wer, bitte, ist F-Punkt R-Punkt in der ersten Zeile", fragte Frau Schimmelpfennig spitz.

„Frank Reinhardt, ein Cousin von mir aus Wernigerode", sagte Maikel, noch ehe sich Fraukes Bild richtig vor meinem inneren Auge aufgebaut hatte.

XVII

„Ich finde, das wurde Zeit, Michael", hatte Petra Kaiser beim Anziehen an der Garderobe zu uns gesagt. „Ich muss immer beim Freundschaftsrat Rechenschaft ablegen, warum drei aus unserer Klasse nicht mitmachen. Drei! An der ganzen Schule sind es sieben, statistisch gesehen. Wer das Abitur erreichen will, muss dafür auch etwas leisten. Nicht nur im Unterricht. Da sind wir jetzt konsequenter als noch bei deinem Bruder, Michael!"

Maikel sagte nichts, schulterte seinen Jute-Beutel, den Frau Schimmelpfennig zum Schluss der Versammlung noch – inklusive Brieftasche, aber ohne den konfiszierten Rest natürlich – hervorgezogen hatte, und sah Petra nur aufmerksam an. Ich war ganz schön verblüfft über den scharfen Ton der Kaiserin. Sie klang wie Kallweit vor dem Fahnenappell. Und wie sie das wir ausgesprochen hatte! Oben auf der Schultreppe stehend bekam ich die flüchtige Vision, Petra würde von zwei korrekt gekleideten, äußerlich sehr sympathischen jungen Männern hinunterbegleitet. Wir!

„Morgen um sechs dann im Klubhausbunker. Lass dich nicht unterkriegen, Alter", rief Franzheinrich schon von unten, da er seinen Bus erreichen musste. „Dann haun wir auf die Pauke, he!"

Juks hatte sich seinen auffälligen Wollschal bereits zweimal lässig um den Hals geworfen und hielt die teuren ledernen Fingerhandschuhe in der Linken, als er sich schweigend mit Handschlag verabschiedete. Durch die aufgebürstete Frisur wirkte bei ihm die eine Kopfhälfte immer etwas voluminöser als die andere. Vielleicht hatte er in einem Fachbuch seines Vaters nachgeschlagen, in welcher

Hirnhälfte der Verstand sitzt oder so, und diese nun besonders betont.

Henning schob sich draußen auf der Treppe an Maikel heran.

„Sag mal, es gibt doch da keinen Ärger wegen dir, oder? Meine Alten arbeiten nämlich bei der Stadtverwaltung. Keine ganz hohen Tiere, aber denken immer, ich müsste da ganz besonders ..., also, ich meine ... vom Umgang her und so!"

Nun wunderte ich mich doch über Maikels Schweigen. Der sah Henning freundlich und offen ins füllige Gesicht und dann gleich über ihn hinweg. Ich folgte ärgerlich seinem Blick – Henning hätte schon ein paar deutliche Worte verdient, fand ich –, und da entdeckte ich Frauke auf der anderen Straßenseite. Sie trug ihren schicken Mantel mit Pelzbesatz und weiße Stiefel. Betont durch das Matschgrau ringsum leuchteten ihre dunklen Augen besonders. Und ich konnte gut verstehen, dass Maikel lieber ihr seine Aufmerksamkeit widmete als unserem ängstlichen Bassgitarristen, auch wenn es mir einen empfindlichen Stich gab. Nur jetzt nicht die Initiative verlieren, dachte ich, schob mich an Henning vorbei und sagte betont laut: „Komm, Maikel, Frauke wartet auf uns. Wir wollten doch noch was bereden wegen morgen!"

Auf dem Schulhof hatten wir uns gestern und heute immer nur kurz gesehen. Es hatte gerade mal gereicht, um den Verlust der *BRAVO* mitzuteilen (Frauke hatte erstaunlich beherrscht reagiert, wie Maikel erleichtert konstatierte) sowie den im Zusammenhang mit dem ominösen

Wiederauftauchen des Heftes stehenden heutigen FDJ-Nachmittag zu erwähnen.

Objektiv schuld an dieser mageren Konversation war der Sportunterricht. Dienstags hatte Fraukes Klasse in der dritten und vierten Stunde Sport, mittwochs wir. Dabei gingen beide große Pausen drauf durch den Hin- und Rückweg zur Turnhalle. Subjektiv war ich selbst wohl nicht ganz unschuldig, denn ich hatte die Begegnung auch nicht gerade gesucht. Nicht, dass ich sie nicht gewünscht hätte. Aber noch mehr hatte ich sie gefürchtet. Man muss die Situationen, in denen man vor Herzklopfen kaum ein Wort herausbekommt, ja nicht gerade heraufbeschwören, oder?

Dass man sich dann allerdings auch nicht beschweren darf, wenn andere die eigene Schwäche ausnutzen, wurde mir bei Maikels Blick schlagartig klar. Also Flucht nach vorn!

„Gehn wir ins Ko-Ca?" fragte Frauke.

„Besser, als hier auf der Straße zu stehn", sagte ich. „Noch dazu, wo alle glotzen."

Frauke lachte. „Stört's dich, Thomas?"

„Nee – doch!"

Zum Konzert-Café lief man von der Schule keine fünf Minuten. Es lag neben dem Stadttheater, die Tasse Kaffee kostete vierundachtzig Pfennige, mit Schlagsahne eins-dreißig, und es gab sogar ein Cola-Getränk mit Eiswürfeln. Wir fanden einen Dreiertisch in einer getäfelten Nische. Gleich nebenan stritten ein paar Theaterleute, als befänden sie sich auf der Bühne. Die gingen zum Glück gleich. Die

Serviererin stand gelangweilt am Tresen und rauchte, und es fiel ihr sichtlich schwer, die Kippe auszudrücken und sich zu uns zu bewegen. Na ja, wir Schüler waren öfter hier, und viel Trinkgeld kam dabei sicher nicht heraus.

„Also, ich meine das wirklich ernst", sagte Maikel, als wir bestellt hatten, und beugte sich verschwörerisch vor. „Combos, die alles nachspielen, gibts schon einen Haufen, auch hier in der Stadt. Ich glaube, unsere Chance ist das Eigene! Das Charisma eben!"

Ich hatte gestern gleich in einem Lexikon der Lohmannschen Bibliothek nachgeschlagen. Da war unter dem Stichwort Charisma von Religionsgeschichte, von Führern und Jüngern die Rede. Zum Glück schien Maikel mit dem Namen aber nur so was wie eigene Ausstrahlung im Sinn zu haben. Wahrscheinlich vor allem die Ausstrahlung unserer Sängerin!

„Aber die Leute wollen dazu tanzen", warf Frauke ein. „Die Musik muss tanzbar sein, Michael!"

„Klar, das ist doch kein Widerspruch", ereiferte sich mein Freund. „Ich will ja selbst fetten Beat spielen. Toms Texte fürn Kopp und meine Musik für die Beine. Und dazu deine Stimme, Frauke!"

Na bitte, genau, wie ich dachte!

Sie wurde tatsächlich rot. „Ihr habt mich doch noch gar nicht gehört", wehrte sie ab. Maikel lächelte wissend und trank vorsichtig von seinem Kaffee.

Ich stand auf, nuschelte was von Toilette und schob mich an ihren Stühlen vorbei. Ich ärgerte mich über mich selbst. Irgendwie bekam ich da am Tisch keinen vernünftigen Satz raus, zumindest nicht in der erforderlichen Schnelligkeit. In Fraukes Augen sprühten wieder die grünen Pünktchen, und ich saß davor wie das gelähmte Karnickel. Furchtbar!

„Hey, Thomas, fliegst du blind hier durch, oder was?!"

Ich zuckte wie ertappt zusammen. An einem der Wandtische vorm Klo hockte Markus. Der dichte Zigarettenqualm und das Schummerlicht machten es entschuldbar, dass ich ihn nicht gesehen hatte. Ungefähr das rief ich ihm auch rasch zu, ehe mir der Atem stockte: Zwei Männer in seinem Alter saßen bei ihm, und der eine war der sympathische Mensch, der durch seinen unfreiwilligen Absturz in Hofmanns Zimmer dem Verhör ein Ende bereitet hatte. Ich erkannte ihn sofort, auch wenn er jetzt statt des korrekten Anzugs Niethose und Sportjacke trug.

Hinter der Klotür atmete ich tief durch. Zum Glück fand ich mich allein vorm Pissoir. Wenn da Typen neben mir standen, verweigerte meine Blase mitunter ihren Dienst – peinlich. Und jetzt noch das da draußen! Ich wusch meine Hände, schüttelte das Wasser von ihnen gründlich ab, weil das einzige Handtuch selbst schon tropfte, und vermied jeden Blick in den Spiegel. In einem Kriminalfilm hatte ich mal gesehen, dass die Spiegelwand eines Verhörraumes von der anderen Seite her durchsichtig war. Im Moment hielt ich alles für möglich.

Es gab keinen anderen Weg zurück an unseren Tisch, ich musste wieder an Markus vorbei. Zwischen den dreien standen eine Flasche Rotwein und Gläser. Markus redete eifrig, wedelte mit ein paar beschriebenen Blättern herum und rauchte dabei. Vor ihm lag nicht die übliche KARO-

Schachtel, sondern eine längere und bunte Zigarettenpackung. Ich hoffte schon, unbemerkt vorbeizukommen, da rammelte ich gegen einen Stuhl, den ich übersehen hatte, und Markus drehte sich um zu mir.

„Na, wie ist es gelaufen bei meiner Freundin Marga Bolz", rief er. „Ist mein kleiner Bruder denn auch hier?"

„Ja, ja, wir sitzen da hinten und reden noch ein bisschen über die Probe morgen", sagte ich und blieb auf Distanz. Lampen hingen hier nur direkt über den Tischen. „An der Schule war so weit alles okay. Wir haben ja mit Lenins Geburtstag genug zu tun."

„Hat sie mir keinen schönen Gruß bestellt, die blaurote Marga? – Die ging nämlich in meine Klasse und war keine schlechte Braut damals, Männer. Heute mimt sie die FDJ-Mieze an der Penne und hat 'n Angolaner-Kind ..."

„Na, das ist doch mal eine tolle, sozialistische Karriere, Markus" – unsere sympathische Zu-Fallsbekanntschaft griff zum Rotweinglas – „und darauf sollten wir mit diesem schönen sozialistischen Kadarka anstoßen. Prost!"

Es war mal gerade fünf Uhr, und die Flasche war nun bereits leer, wie ich sah. Der Dritte drehte sich bereits zur Kellnerin um. Irgendwie erschreckte mich der Anblick des Wein trinkenden Markus, der noch struppiger aussah als sonst. Auch seine Augen hatten einen ganz eigenen Glanz. Ich nutzte die Gelegenheit, um unseren Tisch in der Nische zu erreichen.

Maikel war gerade mitten in der Schilderung des FDJ-Nachmittages. „Wie der Wolf im Schafspelz", lachte Frauke und meinte wohl die im *Neuen Deutschland* getarnte

BRAVO. Ich setzte mich, nicht ohne mich mit einem vorsichtigen Blick über die Schulter zu vergewissern, dass mir keiner gefolgt war.

„Das trifft es ziemlich genau, Leute", flüsterte ich, obwohl die Tische in der Nähe unbesetzt waren. „Da hinten neben der Klotür sitzt dein Bruder, ..."

„Markus? Der geht öfters her ..."

„... trinkt Rotwein und schwatzt vertraut mit dem geheimen Kippelbruder aus Hofmanns Dienstzimmer!"

„Nein!" Maikel verlor für einen Moment wirklich die Fassung, seine Augen flackerten. „Oh Mann, große Scheiße – entschuldige, Frauke! – wieso das denn?"

Ich zuckte hilflos die Schultern.

„Hat er dich gesehen?"

„Gesehen schon. Aber ich glaube nicht, dass er mich erkannt hat. Er hat sich zumindest nichts anmerken lassen."

„Dafür werden die trainiert bei der Firma", stellte Maikel, nun wieder sachlich, fest. „Das ist doch kein Zufall, dass der an meinem Bruder dranhängt. Ich denk' ja schon immer, das kann nicht ewig gut gehn: Nicht zur Fahne wollen, Beatmusik spielen, die Jobs bei der Kirchengemeinde zählen offiziell sowieso nicht, und dann immer diese Bücher, sein Geschreibe und die Typen, mit denen er darüber redet. Und dabei ahnt er sicher nicht mal, wen er da vor sich hat ..."

„... na, den Wolf im Schafspelz", ergänzte Frauke, und wir lachten vorsichtig, was ungemein erleichterte. Wenigstens wir hatten den Durchblick. Wir glaubten das zumindest in diesem Moment.

XVIII

"Hey, Tom!"

Ich schreckte hoch. Maikel stand im Schlafanzug vor meinem Bett und rüttelte mich leicht. Vorm Fenster war es stockfinster, nur in seiner Ecke brannte die Leselampe. Der Wecker zeigte fünf vor zwölf. Noch halb benommen fiel mir ein, dass der Schlaf vor Mitternacht der gesündeste sein soll. So hieß es zumindest bei uns zu Hause.

„Tom, hilfst du mal. Ich glaube, Markus liegt auf der Treppe!"

In diesem Moment polterte etwas vor unserer Zimmertür. Ich setzte mich so rasch auf, dass mir schwindlig wurde.

„Moment noch, Maikel", sagte ich langsam und suchte mit den Füßen nach meinen Hausschuhen, die unters Bett gerutscht waren. Es war kalt, und ich schüttelte mich. Maikel war schon draußen im Flur. Ich schlurfte hinterher und brauchte eine ganze Weile, um zu kapieren, dass das wirklich Markus war, was da auf dem Treppenabsatz lag und schnarchte. Im grellen Treppenhauslicht wirkte sein Gesicht kalkweiß, er schmatzte mit halbgeöffnetem Mund und lallte etwas Unverständliches. Maikel packte an und versuchte, ihn aufzurichten. Ich griff von der anderen Seite zu. Saurer Alkoholdunst schlug mir ins Gesicht, und mich ekelte. Zum Glück war Markus nicht besonders schwer, aber durch seine Länge trotzdem nicht leicht zu dirigieren. Wir hoben ihn von Stufe zu Stufe. Maikel intonierte dazu im Takt den passenden Refrain der *Hollies: He ain't heavy / he's my brother* ... Als wir die Hälfte geschafft hatten, erlosch das Treppenhauslicht.

„Große Scheiße", zischte Maikel. „Hältst du ihn mal, Tom?"

Ich stand hilflos im Dunkeln mit dem schwankenden Markus, und der glitt mir nun langsam aus den Händen und machte es sich wieder auf den Stufen bequem. Dabei rülpste er mehrfach, und ich hoffte nur, dass er mich nicht vollkotzte. Endlich ging das Licht wieder an, und Maikel zerrte seinen Bruder hoch.

„Los, beweg dich, du blöder Hund!" – Maikel klang echt wütend und offenbarte dazu ein erstaunliches Vokabular. „So ein Arsch, ein blöder Arsch", keuchte er, und mir schien, als stünden ihm Tränen in den Augen. Ich stieß die Tür zur Dachkammer auf, und wir hievten Markus auf seine Matratze. Er rutschte wie ein Sack in sich zusammen und rollte sich auf die Seite. Maikel wischte sich rasch über die Augen, bevor er das Licht anknipste; ich hatte also richtig gesehen. Dann zogen wir Markus gemeinsam die Jacke vom Leib. Dabei fiel eine rote Zigarettenschachtel aus einer Tasche: *Peter Stuyvesant.*

„Der Duft der großen weiten Welt", sagte Maikel kalt und steckte die halbvolle Schachtel ein.

Warum fiel mir in diesem Moment mein Vater ein? Ach ja, der Duft der großen weiten Welt ... Ich hatte plötzlich so eine komische Ahnung und tastete die anderen Jacken-taschen ab. Bis auf die Geldbörse enthielten sie nichts.

„Die Zettel", sagte ich leise. „Markus hatte irgendwas Geschriebenes bei sich, als er da am Tisch saß mit den Ty-pen. Die Blätter sind weg."

Maikel sah sich um und ging zur Schreibplatte. Auf der Schreibmaschine lag ein beschriebenes Blatt. Ohne es zu lesen, faltete es Maikel zusammen und steckte es ein. Dann griff er nach einem aufgerissenen Briefumschlag, der oben auf einem Bücherstapel lag, und murmelte nach einem kur-zen Blick darauf: „Schöner Mist auch! Da wird mir man-ches klar. – Komm!"

Ich löschte das Licht und zog die Tür leise zu. Markus atmete schwer und unruhig und hatte von all dem wohl nichts mitbekommen. Wir tappten die Treppe hinunter in unser Zimmer. Schweigend setzten wir uns an den großen Schreibtisch vorm Fenster. Mitternacht war knapp vorbei. Maikel zündete unsere dicke Altarkerze an und klopfte zwei Zigaretten aus der Schachtel, und ich nahm eine, ob-wohl ich nicht gern rauchte. Ich musste auch gleich husten, riss mich aber zusammen. Irgendwie war es gut, nicht so-fort was sagen zu müssen.

Maikel schob mir den Brief herüber. Auf dem blauge-fütterten Umschlag prangte links oben in der Ecke das Staatswappen der DDR, darunter fett der Absender: Das Wehrkreiskommando unserer Stadt. Ich kannte es gut; vor einem Jahr hatte ich meine erste Musterungsaufforderung erhalten. Hose runter, Vorhaut zurück, husten Sie mal – es war beinahe lustig gewesen. Inzwischen sah ich das anders.

Es war die Einberufung. Demnach hatte sich Markus am 4. Mai 1970 um 7 Uhr vor dem Hauptbahnhof am ausgewiesenen Stellplatz einzufinden. Stationierungsort war Havelberg, das II. Panzerjägerregiment Nord-West. Eine Liste der mitzubringenden Utensilien lag bei, ergänzt um jene Dinge, die verboten waren: Kofferradios, Fotoapparate, Tauchsieder, Alkohol. Obwohl es durchs geöffnete Fenster kühl hereinwehte, fühlte ich Hitze aufsteigen. Ich schob das Papier zurück in den Umschlag und diesen weit von mir. Da lag er nun zwischen Maikel und mir, wir sahen uns nicht an und auch den Brief nicht. Und doch ahnten wir, dass es in bestimmten Situationen nicht hilft, so zu tun, als sei etwas nicht vorhanden. Da war ein Rotweinrausch vielleicht wirklich die beste Lösung – wenigstens für den Moment.

Alkohol hatte bei mir seit längerem etwas mit Lyrik zu tun. Schuld daran waren wohl die *Tausend Tele-Tipps,* jene einzige Werbesendung im Vorabendprogramm des DDR-Fernsehens. Ein dort häufig gesendeter Beitrag der Staatlichen Versicherung der DDR warnte in einprägsamen Reimen vor den Gefährdungen durch Alkohol im Straßenverkehr: *Ein Bier, ein Korn / Ein Korn, ein Bier / Kraftgefühl; wer kann mir? / Kein Pflichtgefühl, kein Augenmaß / Stark enthemmt, feste Gas / Kurve rechts, Kurve links, dann ein Baum / aus der Traum / Alkohol getrunken: Unglück im Nu / Bedenke vorher, den Schaden hast du! / Die Rechnung zahlst du in diesem Falle / Du schadest dir und schädigst alle!* Dazu flimmerte ein schwarzweißer Trickfilm über die Mattscheibe, ein Strichmännchen illustrierte mit riskantem Verhalten die mahnenden Worte, die ich zum Amüsement meiner Eltern schon als Kind auswendig mitsprechen konnte. Das war gewissermaßen meine Trockenübung, sowohl was die Lyrik als auch was den Alkohol betraf.

Die Feuertaufe für beides war dann meine Jugendweihe am Ende der achten Klasse gewesen. Als das große Ereignis – durch die Jugendstunden lange vorbereitet – näher rückte, fügte ich (warum auch immer?) auf einem Blatt Papier nach und nach folgende Zeilen: *Vierzehn Jahre, Jugendweihe, erster Personalausweis / Sagt der Lehrer „Sie" zu uns, fühl'n wir uns fast schon als Greis / Doch nun dürfen wir bis zehn / abends auch mal in die Kneipe gehn!*

Jochen fand den Zettel und spielte ihn unserer Mutter zu. Diese wiederum stellte in Person ein Viertel unseres Klassenelternaktivs, das in Vorbereitung unserer Aufnahme in den Kreis der Erwachsenen, wie der bevorstehende Akt gern blasphemisch (dieses Wort lernte ich allerdings erst viel später im Pfarrhaus Lohmann-Kirszenstein kennen!) genannt wurde, seinem Namen alle Ehre machte und ständig aktiv nach neuen Ideen für uns suchte. Kurz danach stand fest, dass ich die offizielle Dankesrede der Jugendlichen in der Feierstunde zu halten und mit diesem Vierzeiler zu krönen hatte, dessen letzten Vers meine bisher nicht dichterisch in Erscheinung getretene Mutter in *laut Jugendschutzgesetz zum Tanzen gehn* abzumildern wusste. Meine zaghaften Anstalten, mich dagegen zu sträuben, prallten am Stolz meiner Mutter, was dem Hause Hantke/Mertin dadurch an geschäftsdienlicher Wertschätzung widerführe, hoffnungslos ab. Außerdem, so beruhigte sie mich, würde meine Rede ohnehin vom Klassenelternaktiv gemeinsam mit der Schulleiterin und dem Parteisekretär ausgearbeitet und von mir nur vorgelesen werden. Ich erinnere mich gut an ihr verständnisloses Kopfschütteln, als diese Offenbarung bei mir nicht die erhoffte

Erleichterung, sondern im Gegenteil eine erste Sinnkrise auslöste: Durfte ich wirklich meine selbstgeschöpften Zeilen, auf die ich durchaus einiges hielt, mit fremden Worten kombinieren lassen und diese Verbindung dem ob des herausragenden Anlasses sicher zahlreichen Publikum als meine geistige Kreation anbieten?!

Jochen war es, der einen Lösungsweg fand: Er bot mir an, am entscheidenden Tag meine Skrupel mit einer Taschenflasche Goldbrand zu dämpfen – ein erprobtes Rezept, wie er glaubwürdig versicherte – und dadurch für die nötige Lockerheit am Mikrophon zu sorgen. Wie habe ich meinem geliebten, verhassten großen Bruder vertraut, der, wie es hieß, sich seinen Landurlaub anlässlich meines großen Tages hart erkämpft hatte.

Da die Feierstunde um 10 Uhr beginnen sollte, musste ich gleich nach dem Frühstück anfangen. Jochen und ich verschwanden – bereits in festlichem Aufzug – noch mal eben im Garten. Es brannte fürchterlich bei den ersten Schlucken, und die Zunge wurde taub. Dann stopfte jemand meinen Kopf von innen mit Watte aus, und außen begann die Kopfhaut zu kribbeln. Jochen drang auf einen weiteren Schluck, und ich gehorchte. Danach gabs ein Pfefferminzkissen zum Lutschen, und los. Die Jugendweihezeremonie – 'zigfach geprobt – lief ab wie ein Film: *Ja, das geloben wir.* Ich stolperte nicht an der Bühnenrampe. Ich lächelte noch ins Publikum, wo die Verschlüsse der Fotoapparate klickten. Ich fand sogar meinen Stuhl wieder. Erst dann schlief ich ein.

Jetzt konnte ich lange nicht einschlafen, und ich spürte, dass auch Maikel wach lag. Auf das Blatt, das Maikel vom Schreibtisch mitgenommen hatte, war ein Gedicht getippt gewesen, dessen Zeilen gerade im Zusammenhang mit Markus' Einberufung zum Ehrendienst bei der Nationalen Volksarmee einen besonderen Klang bekamen:

Der Raum, in dem ich lebe: Ein Quadrat / aus Schritten, die ich abgezirkelt gehe. / Die Schultern, beiderseitig wundgerieben / von den Mauern, weil ich mich im Gehen drehe. // Der Blick durchs Fenster vergewaltigt täglich / meine Sehnsucht nach der blauen Ferne. / Tags kapituliert die Sonne vor der Macht / der Gitter, wie des Nachts das Licht der Sterne. // Das Brot ist hart, das Wasser abgestanden. / Dumpfe Leere blendet meinen Magen. / Ich winde mich im Kreis, um wechselnd gegen / Decke, Wand und Schläfen mit der Faust zu schlagen. // Der Schmerz schwelgt wie ein Licht in dunklen Wunden. / Höhnisch halln die Worte, die ich schreie, / und wimmernd fall ich auf die Knie und krieche / durch die angelehnte Tür des Traums ins Freie.

Der Text war mit *Gefangenschaft* überschrieben, ein Verfasser wurde nicht genannt. Sollte Markus selbst Gedichte schreiben? Maikel hatte die Schultern gezuckt und traurig ausgesehen. Was wissen wir schon von unseren großen Brüdern, hatte er gesagt, und mir hatte es einen Stich gegeben. Auch jetzt hatte ich wieder das Bild vor mir, wie Jochen durch die Schneehaufen losgestapft war vorgestern, so riesig und vertraut und sich immer weiter entfernend. Inzwischen musste er sein Schiff gefunden haben. War es ihm mehr als ein Quadrat aus Schritten? Diese enge Mannschaftskoje, die Klamotten im Seesack, das aggressive Salzwasser, der ständige Rost. Gut, der Blick ging sicher endlos bis zum Horizont, doch wann schaute er schon hin? Küstenlinien tauchten auf und gingen wieder unter. Das imaginäre Netz aus Längen- und Breitengraden, das auf dem Schulglobus die Weltmeere und Kontinente fein säuberlich in regelmäßige viereckige Flicken mit leicht gewölbten Seitenlinien einteilte, wurde ständig vom Bug des Schiffes zerschnitten, das dennoch Jochens Fixpunkt blieb. Selbst der Äquator, jener geheimnisvolle Ring, der die Erde in zwei Halbkugeln teilte, blieb unsichtbar. Jochen hatte – sehr zur Freude unseres Vaters – von seiner Äquatortaufe ein paar Fotos herumgereicht, und ich hatte damals versucht, auf dem Meer im Hintergrund irgendetwas zu erkennen, was darauf hindeutete, dass soeben auf dem Weg nach Kuba die südliche Hemisphäre begonnen habe. Vergebens.

Endlich schlief ich ein. Ich träumte vom berühmten Guericke-Experiment mit den Magdeburger Halbkugeln. Wir hatten das Spektakel kürzlich bei einer Klassenfahrt in die Bezirkshauptstadt gesehen und anschließend im Physikunterricht mit Schmittchen nachbereitet. Nun aber waren die Pferde beidseitig vor einen Globus gespannt, die Ketten direkt mit den Polen verbunden. Die Pferdeführer knallten unter dem Gejohle der Menge, in der ich selbst stumm stand, mit den Peitschen. Es waren Jochen und Markus, beide in mittelalterliche Kutscherwämse gekleidet. Die groben Haflinger-Pferde zogen an, schlugen mit den Hufen Funken aus dem Pflaster. Anders als das gusseiserne Original verformte sich die vom Boden hochgerissene Erdkugel schmerzhaft unter den angreifenden Kräften. Doch noch hielt sie. Plötzlich fühlte ich mich geschoben, gedrängt, sträubte mich und fand mich doch direkt am Erdball wieder, der wie ein riesiger alter Lederfußball in den Nähten krachte. Weiter, weiter, grölte die Menge hinter mir, und ich sah das kleine Ventil mitten in der Karibik aus Castros Zuckerinsel ragen. Los doch, weiter, brüllten jetzt auch Markus und Jochen, zwei wilde Landsknechte, und den Pferden flog Schaum von den Lefzen.

Nein, nicht, schrie ich, nicht die Luft rauslassen – es ist doch die Erde! Die Gesichter kamen immer näher, wirklich drohend jetzt. Wieder schrie ich, wieder hieß es, los, Tom, es muss sein, los jetzt ...

Ich fuhr hoch und starrte in Maikels Gesicht.

„Los, Tom, du bist dran. Ich war schon im Bad", wiederholte er und begann sich anzuziehen.

Was für eine Nacht, dachte ich auf dem Weg zum Klo: *Und wimmernd fall ich auf die Knie und krieche / durch die angelehnte Tür des Traums ins Freie* ...

XIX

Maikel stand die Enttäuschung deutlich ins Gesicht geschrieben. Er saß auf einem REGENT-30-H-Verstärker, hatte seine Jolana-Star-Gitarre auf den Knien und starrte abwesend dem Rauch seiner Zigarette hinterher. Schon, dass er hier rauchte, war kein gutes Zeichen. Und dicke Luft herrschte sowieso.

Juks klimperte auf der MATADOR-Orgel herum, probierte verschiedene Einstellungen und Klangfarben aus und mokierte sich ständig: „Der Anschlag, Jungs! Ihr könnt das nicht verstehen, aber diese Tasten sind einfach doof. Das versaut doch jeden Pianisten!"

Franzheinrich versuchte sich offenbar die Namen der Schlagzeugbestandteile einzuprägen, indem er bei jedem Schlag vor sich hin sprach: „Hi-Hat, Snare, Crash-Becken, Ride-Becken, Tom, Tom ..." – ich hatte eine Weile gebraucht, um mich nicht jedes Mal namentlich angesprochen zu fühlen, wenn Franzheinrich auf die Hänge-Toms klopfte. Fachmethodiker Ditte hatte uns vorhin den Probenkeller aufgeschlossen und Franzheinrich dann ausführlich sein Heiligtum erläutert. Vielleicht dachte der nun, er müsse gleich nach der ersten Probe eine schriftliche Prüfung ablegen?

Henning schien sich nach diesem Probenauftakt gar nicht mehr so sicher zu sein, dass mit vier Saiten leichter klarzukommen sei als mit sechs. Er spielte ja eigentlich ganz passabel Konzertgitarre, und Maikel behauptete, jeder Gitarrist käme dann auch mit einem Bass zurecht. Henning hatte sich eine Weile heftig bemüht, dabei ständig vergriffen und schließlich wütend gebrüllt, wenn Maikel alles besser wisse, könne er ja den Bass noch nebenbei spielen. Seither saßen alle lustlos herum und starrten in verschiedene Ecken des Bunkers. Mittendrin standen Frauke und ich.

Dabei hatte es hoffnungsvoll begonnen. Der Unterricht war in Erwartung unseres ersten Probennachmittages irgendwie an mir vorbeigerauscht, weder Hegenbarths komplizierte Konjunktivkonstruktionen noch das Gerundium bei Mrs. Heintze oder Kallweits Kurzkontrolle russischer Vokabeln hatten mich wirklich erreicht. Einzig in Thalmanns Chemiekurs war meine Aufmerksamkeit kurzzeitig angestiegen, doch war diese weniger auf die Polymere gerichtet als vielmehr auf Frauke, von der mich allerdings aufgrund des Sitzplanes doch einiges trennte. Hinzu kam natürlich die Müdigkeit nach dieser Nacht, die in den Gliedern steckte und die Augenlider insgesamt häufiger als gewöhnlich zucken ließ.

Alle waren dann pünktlich gewesen. Als Ditte endlich verschwunden war – Na, nun mal los, Leute: Locker vom Hocker! –, hatten wir natürlich auf Maikel geschaut. Schließlich kannte er sich als Einziger hier aus. Er schaltete die Anlage an, und da noch niemand spielte, fiel mir erstmals auf, wie laut die schon im Leerlauf brummte. Das läge an den doofen Neonröhren, beruhigte mich Maikel fachmännisch. Die könnten wir ja nachher ausmachen und nur mit dem Bühnenlicht arbeiten. Er glitt geschickt zwischen den Boxen hindurch, verkabelte hier etwas, knipste dort und drehte da. Plötzlich hatte er seine rotweiße Gitarre vor der Brust, und ein schneidender Ton – dem Anfangsriff von *Satisfaction* nicht unähnlich – raste durch den engen Raum. Mit schlecht verhohlenem Stolz blickte Maikel um sich und dabei besonders lange zu Frauke, wie mir schien. Überhaupt ging mir sein Getue ziemlich auf die Nerven. Wollte er vielleicht bloß endlich mal der Star sein unter uns Anfängern?

„Wir beginnen mit einem Song, zu dem Tom hier den Text geschrieben hat", kommandierte Maikel, als alle Instrumente besetzt waren, und teilte den Text aus. Den hatten wir noch am Nachmittag mit Kohlepapier in Markus' Schreibmaschine gehämmert. Markus war nicht da gewesen, der Schreibtisch hatte verwühlt ausgesehen. Sicher hatte Markus den Brief vom Wehrkreiskommando gesucht. Oder das Gedicht? Maikel hatte beides zurückgelegt.

„Die Musik dazu ist von mir! Erstmal Vorspiel und Strophe. Immer drei Takte A-Moll, dann im vierten F-Dur, G-Dur und wieder hoch. Vier Viertel, Franzheinrich, wie beim Blues: Immer geradeaus. Okay? Wir probieren's einfach mal."

Es begann holpernd und endete im Chaos. Ich war nicht mal dazu gekommen, Frauke die Melodie anzudeuten. Franzheinrich war über die Lautstärke seiner Schläge wohl selbst erschrocken, und Henning blickte verzweifelt auf seine Finger, als hätten die mit einer Harfe zu kämpfen und nicht mit einem Bass. Nur Juks musste seine gehobene Professionalität unter Beweis stellen: „Hast du was dagegen, wenn ich hin und wieder die Sexte mit greife beim A-Moll, Maikel?"

Der antwortete nicht, guckte fassungslos von einem zum andern und ordnete einen neuen Versuch an. Das Ergebnis war ähnlich – und Maikel offensichtlich mit seinem Latein am Ende. Nun saß er da und rauchte.

„Kannst du *Blowin' in the wind* spielen, Thomas?" fragte mich Frauke leise. „So, wie die Joan Baez das macht?"

„Klar", versicherte ich und begann die Akkorde zu zupfen. Als Frauke mit klarer, noch etwas verhaltener Stimme einsetzte, verstummten Franzheinrich und Juks schlagartig, und Maikel holte seinen Blick aus der inneren Ferne zurück. *How many roads must a man walk down / before you call him a man ...*

In den Refrain stieg ich am zweiten Mikrofon mit ein, und plötzlich lag ein Orgelton darunter, Henning fand bei den langsamen Harmoniewechseln die richtigen Grundtöne, und Franzheinrich setzte vorsichtig rhythmische Akzente hinzu. Nach dem zweiten Refrain war dann Maikels Gitarre da, mit einem glasklaren Solo, das einen guten Kontrast ergab zu Fraukes nun voll und sicher klingender Stimme. Als der Song mit einem taktgenauen Beckenabschlag von Franzheinrich sein Ende fand, war uns warm geworden. Zwei Mädchen, vielleicht achtzehn Jahre alt, die während unseres Spielens in den Bunker gekommen und hinten im Halbdunkel stehen geblieben waren, applaudierten, bevor sie wieder nach oben gingen. Ich hätte jubeln können, und es musste den anderen doch genau so gehen, wie ich an ihren Augen sah. Aber rasch blickte jeder nach unten oder auf sein Instrument, bis Maikel die erlösenden Worte sprach: „Hey, das war gut, Leute, das war doch echt nicht schlecht!"

Dann klappte es doch noch mit unserem Song. Die Strophen marschierten im Rhythmus, den Maikel vorgab. Frauke hatte die Melodie schnell erfasst und variierte sie nun bei jedem Durchspiel.

„Noch mal, Leute, los – wir müssen feilen!" Musik war Handwerk, war Arbeit, Maikel hatte Recht. Und wir wurden besser!

Nun musste noch ein knalliger Refrain her. Maikel spielte uns zunächst seine musikalischen Vorstellungen auf der Gitarre vor. Wer dann welche Textzeile brachte, wusste hinterher keiner mehr genau. Auf jeden Fall gefiel der Refrain wohl deshalb allen, weil jeder von uns den Eindruck hatte, gerade sein Vorschlag sei der entscheidende gewesen: *So viele Fragen / sind kaum zu ertragen! // Was soll ich sagen? / Mir platzt gleich der Kragen! // So viele Fragen! / An manchen Tagen // geht mir das auf'n Geist, / nur, dass du's weißt!*

Besonders der Wechsel vom *Du* der Strophen zum *Ich* machte sich gut, wie ich fand. Schließlich will man ja nicht immer nur mit dem Finger auf Andere zeigen, nicht wahr?!

Wir spielten den Song komplett durch: Vorspiel, erste Strophe, Refrain, zweite Strophe, Refrain. Dann beanspruchte Maikel ein Zwischenspiel für sein Solo, sechzehn Takte, bei denen auch Juks ein paar zusätzliche Tasten ausprobieren durfte. Schließlich die dritte Strophe mit der Subdominante als Schlussakkord. Was solle man denn nach dem *Dass man so etwas nicht tut!* noch sagen, hatte Maikel gefragt. Er hatte Recht, durch diesen überraschenden Schluss bekam das Stück eine richtige Botschaft. „Es klingt dadurch irgendwie ... unbequem", sagte Henning in einer Spielpause, und das hieß bei ihm wohl, dass er es lieber etwas glatter gehabt hätte. Aber Fraukes knapp hingeworfenes „Eben!" ließ gar keine Diskussion aufkommen.

Ob es Jonathan Hegenbarth gefallen würde, überlegte ich. Ich beschloss, ihm den Text bei Gelegenheit zu zeigen. Die Meinung des großen, poltrigen Mannes war mir irgendwie wichtig. Er würde seine ehrliche Meinung sagen, da war ich mir sicher.

Als Ditte dann plötzlich im Bunker stand und auf seine Armbanduhr tippte, wurde uns bewusst, dass unsere erste Probe überstanden war. Zwei Stunden, in denen wir uns angeödet und provoziert hatten und schließlich akzeptiert und – ja: bewundert! Franzheinrich sprang hoch, raffte seine Winterjacke vom Haken und rannte los. Er musste ja seinen Bus kriegen. Wir anderen packten unser Zeug zusammen: die Texte, ein paar Kabel von Maikel, Notenpapier von Juks. Ditte schloss uns im Vorraum einen der Wandschränke auf, die wie eine Reihe Werksspinde aussahen. Jede Combo hatte ihren eigenen, außen klebten Zettel mit den möglichst phantasievoll verzierten Gruppennamen drauf: *Die Asteroiden, SATURNS, Trio Standbein, MATADORS, Luisa & Die Sandberg-Combo.* Unsere Schranktür wies nur einige Klebereste auf, wohl von irgendwelchen Vorgängern, und Frauke erbot sich sofort, bis zur nächsten Probe für vorzeigbare Abhilfe zu sorgen.

Ditte schloss den Schrank wieder ab und hielt die beiden Schlüssel hoch: „Einer hängt immer oben bei mir. Den anderen bekommt der Kapellenleiter. Wer ist bei euch der Chef?" Er sah uns der Reihe nach an.

Wir blickten zu Maikel. Natürlich, wer sonst?

„Tom ist unser Kapellenleiter", sagte Maikel. „Gib ihm den Schlüssel."

Ich stand noch benommen vor den Schränken und drehte den Schlüssel zwischen den Fingern, während die anderen schon die Treppe hoch zum Foyer gingen.

„Bis Morgen, Tom", rief Henning herunter, von Juks kam ein „See you later, Alligator!" hinterher, dann klappte oben die Tür. Ich hastete die Stufen hinauf. Nur Frauke und Maikel standen noch schweigend vor einem Schaukasten, in dem ein handgeschriebener Zettel auf einen Keramik-Zirkel aufmerksam machte, der demnächst beginnen sollte. Daneben hing ein buntes Plakat, auf dem ein lustig gezeichneter NVA-Soldat einen Margeritenstrauß wie eine Tarnung am Stahlhelm trug. *1. März – Tag der Nationalen Volksarmee! Herzlichen Glückwunsch unseren Genossen!* stand schwungvoll darunter. Vielleicht hatte Maikel Frauke gerade erzählt, dass Markus die Einberufung bekommen hatte.

„Endlich kommst du", sagte Frauke und sah erst mich, dann Maikel an. „Bringt ihr mich noch zur Straßenbahn?"

„Klar!"

Ich riss die Tür auf. Die kalte, feuchte Luft tat gut nach den Stunden im Bunker. Erst auf der Straße spürte ich, dass ich ziemlich heftige Kopfschmerzen bekommen hatte.

XX

Die Straße, an deren Ende das Pfarrhaus lag, gehörte zu dem Wenigen der Innenstadt, das vor einem Vierteljahrhundert von den englischen und amerikanischen Fliegerbomben verschont geblieben war. Es gab zwar auch hier Verfall und Baulücken, doch standen diese Schäden in keinem direkten Zusammenhang mit dem Angriff vom April 45.

Heute Abend schien die Gegend zudem ins vorige Jahrhundert zurückversetzt. Trübe funzelten die vereinzelten Gaslaternen mit ihren drei bläulichen Glühpunkten vor sich hin. Ein feiner Schneegriesel zog dünne Strähnen durch die schwachen Lichtkreise. Das Kopfsteinpflaster lag da wie eine dunkle, narbige und nass glänzende Haut. Nur aus wenigen Fenstern quoll schwaches Licht. Kein Mensch war mehr auf der Straße, nur Maikel und ich liefen durch den grauen Matsch. Gut, natürlich zerstörten die vereinzelt am Rand der dunklen Straße geparkten Autos die Illusion der Zeitreise.

Als wir uns, den Pfützen auf dem Gehweg ausweichend, dem Pfarrhaus näherten, wurde plötzlich wenige Meter vor uns ein Motor angelassen. Das helle, heisere Knattern begleitete ein beträchtlicher Abgasausstoß; im nächsten Moment flammten die Scheinwerfer auf und rissen den vor dem Fahrzeug liegenden Straßenabschnitt aus dem Dunkel. Mit durchdrehenden Vorderrädern stürzte sich der Wartburg wie ein Raubtier darauf, beschleunigte rasch und brauste an uns vorbei und davon. Zwei Personen hatten daringesessen, zwei jüngere Männer, wenn ich mich nicht getäuscht hatte. Maikel war so heftig zusammengezuckt, dass ihm die Tragetasche mit der Gitarre fast von der Schulter gerutscht wäre.

Der Korridor des Pfarrhauses empfing uns kühl. Aus dem Musikzimmer drang Stimmengewirr. Maikel ging einige Schritte in diese Richtung, um zu lauschen.

„Die Streichertanten!" flüsterte er und deutete auf die Treppe. Ich verstand. Leise schlichen wir hinauf zu unseren Zimmern. Donnerstags wurde im Pfarrhaus Lohmann-Kirszenstein traditionell musiziert. Zwei unverheiratet gebliebene Schwestern, hoch in den Fünfzigern und auch sonst in der kleinen Gemeinde stets gemeinsam aktiv, besetzten die Violinen. Frau Pastorin Lohmann selbst spielte Bratsche, ein schweigsamer, korpulenter Witwer mit spiegelnder Glatze bediente das Cello. Maikel vermutete (wohl nicht ganz zu Unrecht), dass dieser seiner Mutter den Hof machte, und ließ schon deshalb kein gutes Haar an seinem Spiel. Zu Lebzeiten seines Vaters habe dieser persönlich am Stutzflügel gesessen und dem kleinen Laienensemble mit wohlwollend-nachsichtigem Lächeln Unterstützung gegeben. Da hätte der Dicke keine Chance gehabt, mit seinem oberflächlichen Gekratze durchzukommen. Heute lief die Hausmusik mehr unter dem geselligen Aspekt. Sie brachte für einen Abend pro Woche Leben ins Haus, bot Anlass, eine Flasche Wein zu trinken und Gebäck zu knabbern, und zumindest die Schwestern erfüllten auch eine kommunikative Funktion.

Beide Brüder waren früher fest in diese Runden integriert gewesen, Markus nach dem Tod des Vaters als Pianist, und Maikel hatte selbst mal Cello gespielt. Doch dann schob sich die Gitarre nach vorn, auch bot die Schule mit ihrem Lernstoff zunehmend willkommene Gelegenheit zum Rückzug, und Frau Pastorin Lohmann lag jeglicher Zwang fern. Hin und wieder gab es zwar noch heute gemeinsame Musizierabende; ich selbst hatte seit meinem Einzug schon zwei, drei miterlebt, doch irgendwie endeten diese Familienkonzerte melancholisch, wohl weil das Fehlen Eduard Kirszensteins in diesen Momenten für die Beteiligten besonders deutlich spürbar war. Viel von Brahms, Mendelssohn und Mahler erklang an solchen Abenden.

Maikel hatte heute vielleicht sogar ein schlechtes Gewissen, weil er sich diesmal nicht mit der Vorbereitung auf eine Mathearbeit entschuldigt, sondern der Wahrheit die Ehre gegeben hatte. Und bei aller Großzügigkeit hatte der Blick, mit dem Frau Pastorin Lohmann auf die Eröffnung reagiert hatte, Maikel werde nun gemeinsam mit mir eine Beat-Combo aufbauen, um damit bei einem FDJ-Festival vor den berühmten *Hollies* aufzutreten, zumindest ein leichtes Unverständnis ausgedrückt, wobei offenblieb, ob dieses dem Vorhaben an sich, der FDJ oder lediglich dem ungünstigen Probentermin galt.

Wir standen vor unserem Zimmer. Maikel lehnte die Gitarre an den Türrahmen und zögerte.

„Ob Markus da ist? Ich würd' ihm gern noch von der Probe erzählen. Und auch so ... Wollen wir?"

Ich nickte, und wir stiegen leise hinauf ins Dachgeschoss. Durch die Türritzen drang Licht. Maikel klopfte, wartete einen Moment und schob die Tür auf. Markus hockte auf dem Teppich und las. Er blickte kurz auf, nickte uns zu und begann, in dem Buch etwas zu unterstreichen. Dann legte er den Bleistift aus der Hand und wies mit großzügiger Geste auf sein Sofa.

„Nehmt Platz, ihr Menschenkinder, und sagt mir euer Begehr!"

„Gehts dir also wieder besser, Bruder Markus", konterte Maikel und zog im nächsten Moment die linke Augenbraue nach oben. Ich hatte die Flasche Rotwein, die neben Markus im Schatten stand, ebenfalls gesehen. Zwar war ihr Füllungsstand nicht zu erkennen, doch dürfte allein ihr Vorhandensein schon im Zusammenhang mit Markus' wiedererwachten Lebensgeistern stehen. Morgens damit weitermachen, womit man nachts aufhört – mir fiel Anton Garke ein, der dorfbekannte Trinker bei uns zu Hause, der häufig schon vor unserem Laden stand, wenn Großvater ihn früh um sieben öffnete. Man müsse doch am nächsten Morgen damit weitermachen, womit man in der Nacht aufgehört habe, lautete jedes Mal seine mit schwerer Zunge und weinerlicher Stimme vorgebrachte Entschuldigung, die wohl mehr sich selbst galt als Großvater, dem ziemlich egal schien, wer ihm das Geld in die Kasse brachte. Außerdem gehörte Toni zur bequemen Kundschaft. Er stellte immer seine leeren Bügelflaschen, auf die es dreißig Pfennige Pfand gab, selbst zurück in den Kasten und nahm sich in derselben Anzahl gefüllte Bierflaschen heraus, und da er sein Angeschriebenes nur alle zwei Wochen zahlte, sah es fast wie Naturalienhandel aus. Toni Garke half, so gut er konnte, in den Ställen der LPG aus und bekam dort auch Lohn. „Der kann schon arbeeten wie'n Viech", sagte Großvater manchmal, wenn das

Gespräch auf Toni Garke kam, „aber sein Durscht is'
mind'stens genauso groß. Unn irjendwann wird er drin ersoffen sein, nich' wahr, Trudel?!"

„Geht so", sagte Markus und legte nun auch das dünne
Buch zur Seite, allerdings so, dass die Seite aufgeschlagen
blieb, auf der er gerade etwas unterstrichen hatte. „Und bei
euch? Wie war die Probe?"

„Du trinkst ziemlich viel, Bruder Markus. Du weißt,
dass wir Bescheid wissen?! Aber du weißt vielleicht auch
wieder nicht alles ..."

„Was soll das, Kleiner?!" fiel im Markus so scharf ins
Wort, wie ich es noch nie erlebt hatte. „Du denkst wohl,
du blickst hier durch, oder was? Was soll das heißen: Bescheid wissen? Was wisst ihr denn schon, gar nichts!"

Die anschließende Pause war ziemlich quälend. Markus
steckte sich eine Zigarette an; er war wieder bei KARO
gelandet. Irgendwie beruhigte mich das. Draußen rief eine
Amsel verzweifelt nach dem Frühling. Vom Dach tropfte
es monoton. Wir hockten schweigend auf der Vorderkante
des alten Sofas. Wir wussten ja, wenn man darauf weiter
nach hinten rückte, versank man unweigerlich in der
schwach gewordenen, quietschenden Federung. Außerdem roch das abgeschabte Polster feucht und etwas muffig.

„Ich meine ja nur", sagte Maikel leise, „du weißt vielleicht gar nicht, wer dir da gestern im Ko-Ca den Rotwein
bezahlt hat!"

„Robby? Der ist da vom Theater. Beleuchter, Techni-
ker, glaube ich. Und der andere? Na ja, den kenne ich nur

so vom Sehen. Der interessiert sich aber für Literatur und Musik und so. Für Philosophie und Ökonomie. Kennt sich auch ziemlich gut aus damit", beeilte sich Maikel zu versichern.

„Robby vom Theater und den anderen vom Sehen", wiederholte Maikel. „Den kennen wir übrigens auch, auch so vom Sehen, hörst du ..."

„Er müsste noch 'nen blauen Fleck an der Schulter haben von Hofmanns Beratungstisch", fügte ich hinzu. „Frag ihn doch mal, ob's noch weh tut!"

„Nein!", sagte Markus schnell und zog heftig an der Zigarette. „Nein!"

Im rötlichen Aufglühen wirkte sein unrasiertes Gesicht noch eingefallener als sonst. Fehlte nur der Dornenkranz ums wirre Haupthaar gewunden, und er gäbe einen glaubwürdigen Jesus-Darsteller ab. Den Draht zum Theater hatte er ja nun schon.

„Doch, Bruder Markus", sagte Maikel leise, aber mit Nachdruck. „Der saß da mit am Tisch bei unserer kleinen Verhandlung, und obwohl er sich nicht vorgestellt hat, weißt du so gut wie ich, was das bedeutet."

Wieder war eine Weile Stille. Markus starrte vor sich hin und rauchte in langen, tiefen Zügen. Unten im Haus hörte man Türen klappen. Wahrscheinlich löste sich die Hausmusikrunde auf.

„Ich denke immer, es kann doch eigentlich nichts passieren, schon wegen Vater", sagte Markus mehr zu sich und drückte die Kippe in seinem Glasaschenbecher aus. „Es muss doch möglich sein, in einer Gesellschaft, die sich das Wohl des Menschen auf die Fahnen geschrieben hat, sein eigenes Maß auch selbst zu bestimmen. Es wenigstens mitzubestimmen!" Er griff sich das Buch und blätterte einige Seiten zurück. Auf dem Pappeinband prangten die stilisierten Köpfe von Marx und Engels wie ein Gütesiegel. „... dass die freie Entfaltung des Einzelnen die Voraussetzung für die freie Entfaltung aller ist ... – die sollten ihre Klassiker erst mal selber lesen. Und genauer!"

„Die haben dazu keine Zeit", sagte Maikel. „Die müssen ja hier vor der Tür stehn und uns bewachen. Bei der Kälte – brrr!"

„Wieso vor der Tür?"

„Als wir eben kamen, fuhr genau gegenüber ein Wartburg los. Zwei Männer drin. Es war zu dunkel, um was zu erkennen, aber ich möchte wetten, die parkten nicht zufällig hier ganz hinten am Pfarrhaus", sagte ich.

„Ach, Jungs" – Markus lächelte, ohne dass die Spannung in seinem Gesicht nachließ – „das können auch Schrammi und Molle gewesen sein. Die warn vor 'ner Stunde hier, wir hatten was zu bereden. Ihr seht schon Gespenster."

Möglich wär's – Felix Schramm, der Sänger der *SATURNS*, fuhr manchmal den Wartburg seines alten Herrn. Aber vor 'ner Stunde. Warum hätten die unten noch so lange in der Kälte sitzen sollen? Und außerdem kannten die doch Maikel gut, warum sollten die so einfach davonfahren?

„Und was ist mit der Fahne?" setzte Maikel nach. „Wer nicht freiwillig geht, den holen sie mit der Polizei, hab ich gehört. Dann gehst du ab nach Bautzen."

„Wart's ab, Bruder Michael", antwortete Markus und klopfte sich die nächste Zigarette aus der Schachtel. „Es wird viel geredet, weißt du. Getroffen habe ich noch keinen, dem das wirklich passiert ist. Das Gerede nimmt den Leuten den Mut. Das reicht doch oft schon. Und ich denke mal, das kann sich unser Staat nicht mehr leisten. Jetzt, wo er sich die Ehre gibt, Herrn Brandt zu treffen!" Das eben aufflammende Streichholz bekam sozusagen eine demonstrative Funktion.

Mir fiel die Hausaufgabe von Frau Schimmelpfennig ein. Wir sollten morgen in der Lage sein, parteilich zu diskutieren: *Warum ist es ein Zeichen der Überlegenheit des Sozialismus, dass das Staatsoberhaupt unserer Deutschen Demokratischen Republik in wenigen Tagen den Kanzler der imperialistischen BRD zu einem Gespräch empfangen wird?* Als Informationsquellen hatte sie das *Neue Deutschland*, die *Junge Welt* und die Fernsehnachrichten der *Aktuellen Kamera* angegeben.

Alle diese Quellen sprudelten im Hause Lohmann-Kirszenstein nur selten oder gar nicht. Doch auch der *Neue Weg*, die Zeitung der CDU, die täglich auf dem Telefontischchen im Treppenhaus lag, hatte getitelt: Stoph trifft Brandt in Erfurt – Ein erster Schritt zur Normalität? Markus vertraute offenbar darauf.

„Na ja, schlaf gut, Bruder Markus", sagte Maikel und erhob sich. „Oder übernimmst du freiwillig die erste Wache?" Wir lachten, und ich stand ebenfalls auf.

„Das Gedicht übrigens, das mit der Gefangenschaft",
sagte ich schon in der Tür, „das find' ich wirklich gut.
Starke Bilder!"

„Danke", sagte Markus und zog die Rotweinflasche aus
dem Schatten. „Das hat Robby auch gesagt".

XXI

„Der denkt immer noch, Vater hält seine schützende
Hand über uns", sagte Maikel ins Dunkel unseres Zimmers
hinein. Wir lagen zwar schon eine Weile in den Betten,
aber jeder wusste, dass der andere auch noch nicht schlief.

Mir war selbst aufgefallen, dass Markus seinen Vater,
den lange verstorbenen Dirigenten, Komponisten und Or-
ganisten Eduard Kirszenstein, mehrfach wie einen Schutz-
engel erwähnt hatte. Aber ich wusste zu wenig über ihn,
um mitreden zu können. Deshalb schwieg ich auch jetzt.
Maikel war sich wohl dennoch sicher, dass ich zuhörte.

„Wir waren seine zweite Familie, weißt du", fuhr er so
flüssig fort, als lese er einen Text ab. „Eduard Kirszenstein
war schon in den Zwanziger Jahren ein bekannter Dirigent, hatte Engagements in Salzburg und Wien, in Dresden
und ich glaube auch in Prag. Er hat auch komponiert damals, Oratorien und Kammermusik. Da war er schon verheiratet, und es gibt auch einen Sohn aus dieser Ehe. Dann
kam Hitler, und der Jude Eduard Kirszenstein ging mit seiner Familie 1935 nach Paris. Als ihnen der Krieg dorthin
folgte, flüchteten sie nach Amerika. Ich glaube, er hat dort
sogar für Hollywood gearbeitet. Und am Broadway, richtig
in New York, Mann!"

Es raschelte in Maikels Schlafecke, dann flammte ein Streichholz auf. Ich sah, dass er am Kopfende seines Bettes hockte, die Knie eng an den Körper gezogen. Maikel machte zwei, drei tiefe Züge, bevor er weitersprach.

„In der Zeit ist seine Frau gestorben. Und Eduard hat sich irgendwie vom Glauben an seinen hilflosen jüdischen Gott losgesagt. Was weiß denn ich!"

In die Stille hinein fragte ich: „Und der Sohn, den sie hatten?"

„Eben", sagte Maikel laut und schwenkte das Fenster weit auf, damit der Qualm abziehen konnte. „Der Sohn, der ist noch dort. Der ist ein ziemlich hohes Tier geworden, Jurist, Politologe. Weißes Haus, Pentagon, was weiß denn ich?! Muss jetzt an die Fuffzig sein, mein Halbbruder."

„Habt ihr noch Kontakt?" fragte ich und empfand im selben Moment, dass diese Frage – durch jemand anderen gestellt – gut in ein Verhör passen würde.

„Ach, Kontakt" – Maikel zog zwischendurch an seiner Zigarette – „Kontakt ist zu viel gesagt. Ich denke mal, Markus hat seine Adresse. Und Mutter sicher auch. Ich selbst habe noch nie direkt etwas mit ihm zu tun gehabt. Wie denn auch?"

Vielleicht war das der Grund für Markus' Zuversicht, ihm könne nichts passieren? So ein wichtiger Mann im Hintergrund, dessen Arm womöglich durch den eisernen Vorhang bis hier her reichte. Ich sagte das Maikel, und er schwieg dazu eine ganze Weile.

„Könnte sein, könnte schon sein", sagte er dann zögernd. „Aber nicht nur. Was soll so ein Ami aus der Ferne auch tun können heutzutage, einer, der uns gar nicht richtig kennt?! – Ich denke, es ist noch was Anderes. Unser Vater ist nach Kriegsende allein zurück gekommen nach Deutschland. Ihm hätten die Wurzeln, seine Geschichte gefehlt, sagt Mutter. Die Amis sind da ziemlich beschränkt, glaube ich. Bei denen gibts nur Happy Days und Glory Halleluja, Europa liegt am Arsch der Welt und jeder ist sich selbst der Nächste ... also, vielleicht ist das ungerecht. Auf jeden Fall hat's meinem Vater nicht gepasst, und er ist also in das Land zurück, das seine früheren Glaubensbrüder und -schwestern massenhaft ausgerottet hat. Dort hat er Mutter kennen gelernt. Sie haben geheiratet. Markus kam, dann ich. Und dann ist er auch schon gestorben, mit achtundfünfzig."

Ich sah das Bild vor mir, das im Musikzimmer auf dem Stutzflügel stand: Ein von dichtem, weißem Haar umwalltes, faltenreiches Gesicht mit dunklen Augen, die den Betrachter direkt anschauten, dazwischen eine auffallend kräftige Nase, die Markus und Maikel geerbt hatten. Die vollen Lippen leicht zu einem Lächeln geöffnet. Ein Anblick, der sich einprägte.

„Er war ja hier Verfolgter des Nazi-Regimes. Da gab es dann so Ehrungen, ein paar Medaillen. Sie haben ihn eingeladen und herum gereicht, er war aber wohl ziemlich zurückhaltend, was die Politik betraf. Er wollte Kunst machen, einfach gute Kunst, die die Menschen erreicht. Unser Theater hat er mit aufgebaut. Seine einzige Oper hatte hier ihre Uraufführung. Eine ellenlange Oper über die Judenverfolgung unter Hitler, die offiziell bejubelt wurde – also die Oper meine ich natürlich –, die aber leider niemand so richtig sehen wollte. Sie wurde auch nie wieder aufgeführt seitdem. Aber Markus denkt wohl, der Ruhm des Eduard Kirszenstein sei sein Schutzschild für alle Ewigkeit. Und genau das glaube ich nicht!"

„Markus kannte ihn ja doch besser als du", warf ich ein. „Vielleicht irrst du dich auch?"

„Schön wär's", meinte Maikel und drückte seine Zigarette aus. „Mutter sagt, sie wollten vor Jahren hier tatsächlich 'ne Straße nach ihm benennen, in dem Neubaugebiet mit den anderen Straßen der toten Künstler, Brecht, Fürnberg, Becher; du weißt schon. Und dann habe es plötzlich Diskussionen im Stadtrat gegeben, warum denn ausgerechnet dieser Kirszenstein, dessen Musik eh' niemand versteht und so. Zum Glück ist dann Willi Bredel gestorben, und der hat die Straße ohne Diskussionen gekriegt. Und ich muss dir sagen, dass ich froh bin darüber! – Gute Nacht also, Tom."

XXII

Ich schreckte hoch, weil ich mit der Stirn an die Fensterscheibe gestoßen war. Das gleichmäßige Zuckeln des Bummelzuges machte schläfrig, zumal nach dieser ereignisreichen Woche. Ich wischte an der durch die stickige Luft beschlagenen Fensterscheibe herum und starrte durch die Schlieren hinaus in den trüben Tag, der auch unter Mittag nicht richtig hell werden wollte. Der Zug fuhr eben in den Bahnhof von Dornbeck ein. Hier war Franzheinrich zu Hause und sein Vater Vorsitzender der LPG. Bahnhof war ein bisschen hoch gegriffen: Das Fachwerkgebäude glich mit seinem Dach aus Teerpappe eher einer groß geratenen Baracke. Einige Leute stiegen aus dem Zug, Franzheinrich war nicht dabei. Er hatte wohl den Bus geschafft, der ein paar Minuten früher ging. Ich dachte an den Abend: Franzheinrichs sechzehnter Geburtstag fiel auf diesen Samstag, und die dazugehörige Fete war schon vor den Winterferien angekündigt worden. Die jüngsten Entwicklungen hatten noch zu einer erfreulichen Erweiterung der Gästeliste geführt: Frauke hatte – neben Marlene, Annette und Annemarie aus unserer Klasse – zugesagt, unsere weitgehend mit der Instrumentalbesetzung der *Charisma-Combo* identische Männerrunde zu ergänzen. Franzheinrich musste die Probe genutzt haben, um Frauke zu fragen. Manchmal können Nachrichten die Welt verändern: Franzheinrichs Augen leuchteten auffällig, als er uns heute früh, nachdem wir ihm johlend gratuliert hatten, mitteilte, Frauke werde kommen und erst mit dem letzten Bus zurück in die Stadt fahren – und im selben Moment hatte dieses Strahlen auch unsere Augen erreicht. Am stärksten, so schien es mir zumindest, wurde mein Freund Maikel davon angesteckt.

Der Zug ruckte an, und es ging gemächlich weiter. Gleich hinter Dornbeck schaukelte er über die Dornbachbrücke. Die nun auch im Harz einsetzende Schneeschmelze hatte das zahme Bächlein in eine braune, reißende Flut verwandelt, die schäumend durch das enge Bachbett quirlte und dem Brückenpfeiler schon bis zum Halse stand. Noch zehn Minuten bis Buffalo, dachte ich und suchte in der Erinnerung nach den Fontane-Zeilen: *Die „Schwalbe" fliegt über den Erie-See / Gischt schäumt um den Bug wie Flocken von Schnee ...* Eines von Vaters Lieblingsgedichten, natürlich. Im kühnen Steuermann John Maynard sah er sich womöglich selbst, wer weiß. Oder doch zumindest Jochen, seinen Sohn, der die Hände ruhig auf das Steuerrad gelegt hat und die gefährdeten Menschen sicher in den Hafen bringt. Der stand jetzt vielleicht tatsächlich auf der Brücke und starrte durch die herauf sprühende Gischt dorthin, wohin der vorgeschriebene Kurs das Schiff in den nächsten Stunden führen würde. Weit her war es ja nicht mit der sprichwörtlichen Freiheit der Meere. Die Schienen dort waren nur nicht für jedermann sichtbar.

Der Zug passierte das alte Stellwerk und rumpelte am Abzweig zur Ziegelei über die Weichen. Vielleicht war das der Grund, dass die Tür zum Gang so heftig aufknallte. Eine Streife der Transportpolizei betrat unfreiwillig schwankend den Waggon, zwei Mann in dunkelblauer Uniform, Pistole und Schlagstock am Gurt. Der eine führte einen Schäferhund mit Maulkorb. Die Trapos kamen immer hinter Dornbeck, wo sie einstiegen, durch den Zug. Der fuhr weiter bis Ilsenburg, und dort begann das Grenzgebiet. Ich fingerte meinen Ausweis schon mal aus der Brieftasche, doch die beiden ließen es heute gut sein und schoben sich bereits in den nächsten Wagen. Transtedt, mein Heimatdorf, blinzelte verschlafen in den trüben Februartag. Im großen Bogen umrundete der Zug den Ort und hielt wie meist vor dem Bahnhof – keine Einfahrt. Ein paar Mal war ich hier aus dem Zug gesprungen und übers Feld zu den Häusern gelaufen. Das war kürzer als vom Bahnhof aus, doch jetzt war ringsum alles schlammig. Der schmutzige Schnee war löchrig geworden, braunen Ackerboden und großflächige Pfützen freigebend. Wirklich nichts für Stoffturnschuhe.

Die Lokomotive begrüßte die Freigabe zur Weiterfahrt mit einem anhaltenden Signalton, der einen Krähenschwarm auffliegen ließ. Ich stellte mir das hässliche

Krächzen vor, mit dem die Vögel zur Seite wegstrichen, um – nicht weit entfernt – in eine kahle Baumgruppe einzufallen. Dreckmöwen nannte sie Jochen, seit er zur See fuhr. Die echten Möwen besaßen aber auch keine angenehmeren Stimmen, wie sich zeigte, als wir meinen Bruder vor einigen Jahren nach seiner ersten großen Fahrt im Überseehafen Rostock abholten. So elegant schwebten die grauweißen Vögel zwischen den Kränen, Schiffsmasten und Pfeilern umher, dass ihre spitzen Flügel fast daran stießen. Geschickt fingen sie die Brotstückchen, die ihnen die Kinder einer anderen Matrosenfamilie zuwarfen, in der Luft. Wie unpassend aber gellte dazu ihr hässliches Gekreisch in den Ohren. Diese Erinnerung hätte ich getrost als Stummfilm speichern können, zumal ansonsten ja auch nicht viel geredet wurde: Mutter hatte Tränen in den Augen, als Jochen riesig, stumm und bepackt auf uns zukam, und bekam keinen Ton raus, Vater stand auf seinen Stock gestützt daneben und hielt die Nase in den Seewind, obwohl es hier im Hafen ziemlich muffig roch, wie ich fand. Auf der ewig langen Heimfahrt in unserem Trabant-Kombi mit der behindertengerechten Hycomat-Schaltung zerdröhnte der heisere Zweitakter jedes mögliche Gespräch. Ich hatte neben Mutter auf der engen Rücksitzbank geklemmt und war Jochen ohnehin nur einen kurzen Begrüßungsklaps an den Hinterkopf wert gewesen.

Meine Schritte hallten durch die Bahnhofsunterführung. Ich war wohl der Einzige, der den Weg ins Dorf zu Fuß machen wollte. Ausgestiegen waren mehrere Leute, doch die warteten lieber auf den Bus, der in zwanzig Minuten hinunterfuhr. Dazu hatte ich keine Lust, und nach der verbrauchten Luft im Waggon tat die feuchte Frische gut. Die Sonne zeigte sich eben milchig noch mal kurz zwischen den Wolken, und ich nahm die zwei Kilometer Weg in Angriff, auch wenn der Rucksack ziemlich drückte, in den ich früh noch rasch die Dreckwäsche, die sich die Woche über angesammelt hatte, gestopft hatte. Meine Mutter legte Wert darauf, die Sachen selbst zu waschen, obwohl Frau Pastorin Lohmann mehrfach angeboten hatte, es mitzuerledigen. Und im Winter kam einiges zusammen!

Erstmals hatten wir früh in der Hofpause als erprobte Combo zusammengestanden, und es kam mir zumindest so vor, dass die anderen neidisch zu uns rüber guckten. Frauke hatte ihre Freundin Karin mitgebracht, worüber sich niemand von uns beschweren konnte: Karin hatte blaue Augen, einen blonden Pferdeschwanz und war – für sich allein genommen – ziemlich niedlich. Natürlich; neben Frauke war es schwer aufzufallen.

Henning allerdings war heute aufgefallen: Er trug seine Haare nämlich nicht wie sonst ordentlich gescheitelt, sondern hatte sie über die Ohren und als Pony tief in die Stirn gekämmt. Wahrscheinlich hatte er noch am Abend verschiedene Frisuren vor dem Spiegel ausprobiert und diese als günstigste Variante für die zu erwartenden Poster und Fanpostkarten ausgewählt. Wir frozzelten ein bisschen herum, was wohl seine Eltern als städtische Angestellte dazu gesagt hätten, und Henning wurde rot, als er gestand, dass er die Frisur doch erst kurz vor der Schule mit Hilfe eines Taschenspiegels in diese gewagte Fasson gebracht habe. Das war nun wirklich ziemlich lustig, und wir packten den Dicken und zerwühlten ihm lachend den angestrebten Pilzkopf. Versöhnt wurde er schließlich durch Karin, die ihn mit seinem Stielkamm so geschickt toupierte, dass er wirklich beatig aussah: Beispielsweise zu den wilden *Troggs* würde er nun ausgezeichnet passen, stellte Juks trocken fest, und wir hatten dazu *I can't control myself* über den Schulhof gebrüllt.

Weil Schmittchen erkrankt war, fiel Physik aus, sodass dieser Sonnabend ausnahmsweise schon nach der dritten, der Deutschstunde, endete. Darüber war niemand böse gewesen. Ich hatte betont langsam eingepackt. Maikel hatte mich fragend angeguckt und war dann schon gegangen. Er wusste ja, dass ich gleich zum Bahnhof musste. Aber vorher ... Mein Herz klopfte spürbar, als ich mit den gefalteten Papieren vor Hegenbarth stand, der die vielen Bücher, Zettel und Zeitungen, zwischen denen sich der Unterricht mal wieder bewegt hatte, umständlich in seine Aktentasche stopfte. Ja, Thomas? hatte er gesagt.

Ich redete los von unserer Combo, von dem Konzert der *Hollies* und der FDJ, von Maikels Musik, von Fraukes Stimme und meinem Wunsch, Texte zu schreiben. Texte, die anders sein sollten als Singeklub und Schlagerkitsch. Mit meinen echten Problemen drin eben. Es kam mir selbst ziemlich durcheinander vor, doch Hegenbarth hörte aufmerksam zu und nahm die Blätter aus meiner Hand. Ohne zu lesen, steckte er sie in seine Tasche und verschloss sie. Dann schob er mich mit sanftem Griff zur Tür. Es gäbe im *Klub der Intelligenz* einen Literaturzirkel, ob ich das wüsste? Ich verneinte. Die meisten da wollten gleich dicke Romane schreiben, lachte Hegenbarth, da wäre es ganz gut, wenn mal einer bloß mit Liedtexten aufkreuzen würde. Das bloß – das sei nicht so gemeint, beeilte er sich zu versichern. Immer dienstags um 20 Uhr, ich solle es mir mal überlegen.

Ich hatte unentschlossen genickt. Irgendwas war komisch gewesen. Hegenbarths Lippen hatten zwar gelächelt, doch seine Augen waren dabei ernst geblieben. Fast traurig, wie mir schien. In dem Moment war mir der blöde Spruch eingefallen, der vor einem halben Jahr auf der Jungstoilette gestanden hatte, mit Filzstift innen an die Klotür geschrieben: *Hegenbarth, die schwule Sau, liebt Jungen und braucht keine Frau!* Ich hatte es in der Neun-Uhr-Pause entdeckt, ungläubig und verständnislos, und war, ohne zu pinkeln, wieder raus gerannt und hatte es Maikel erzählt. Als wir gemeinsam zurückgegangen waren, schickten uns ein paar Lehrer zur Toilette im anderen Flügel des Schulgebäudes. In der Mittagspause war der Spruch dann verschwunden, und Alwin Berg stolzierte durch die Flure wie ein gereizter Sheriff kurz vorm Showdown. Der Vorfall kam offiziell nie zur Sprache, und ich fragte mich hinterher manchmal, ob ich es nicht nur geträumt hätte.

Jonathan Hegenbarth war erst zu Beginn dieses Schuljahres an unsere Schule versetzt worden, und er hatte jedenfalls die meisten von uns im Sturm erobert.

XXIII

Transtedt. Im Allgemeinen wurde der Name unseres Dorfes mit betont kurzem „a" ausgesprochen, quasi mit Doppel-N. Wahrscheinlich schützten sich so die Alteingesessenen gegen den verschlafenen Eindruck, den das Nest da in seinem Siedlungstrichter am Rautenbach zwischen den Hügeln machte. Wie eine Spinne im Netz der obstbaumgesäumten Feldwege, schläfrig, starr, nicht ungefährlich. Mir jedenfalls machte es zunehmend Spaß, den dahingewürfelten Haufen unansehnlicher Landhäuser und Bauernhöfe sprachlich in die Nähe jener sprichwörtlichen Walmasse zu rücken, mit der sich hier nicht nur Toni Garke gegen die Außenwelt abzupolstern suchte. Die Großeltern gehörten hierher. Mutter war hier geboren. Vater aber hatte nur hergeheiratet. Und ich hing, je älter ich wurde, umso mehr dazwischen.

Ich passierte das Ortsschild einige Augenblicke vor dem Bus, der die weniger Lauffreudigen nun vom Bahnhof brachte. Der Dorfteich war noch immer zugefroren, doch standen auf dem Eis bereits Wasserlachen. Ein paar Kinder stocherten von der sicheren Ufermauer aus darauf herum und kreischten, wenn das Eis nachgab. Die Fenster der Dorfkneipe standen offen und dünsteten schon mittags Zigarrenqualm und Stimmengewirr aus. Ein Lastkraftwagen schwankte mir entgegen; wie befreit trat der Fahrer nach der engen Dorfdurchfahrt nun aufs Gas, und ich musste zur Seite springen, um nicht die volle Breitseite abzufassen. Dann tauchte unser Laden auf. Das neue Schild war kaum zu erkennen. Ich musste grinsen, denn Vater hatte vor einiger Zeit tatsächlich eine Leuchtreklame ins Gespräch gebracht. Großvater war die Luft weggeblieben. Aber nur für einen Moment. „Die Leute kumm' wegen de Bederfnisse her und nich' wegen dei'm Geflimmere", hatte er getobt. „Und weil se uns kenne und nich' bei'n Waachner vorn koofen, sonnern da, wo se wissen, dass es bleibt, wie es is!"

Das zeigte, dass sich auch die Ureinwohner nicht besonders grün waren untereinander. Wagner war der Dorfbäcker, der sehr zum Verdruss des Großvaters neben seinen Backwaren nun auch Milch, Butter, Eier, Mehl und anderes ins Angebot aufgenommen hatte.

Er behielte sich vor, die Rechtmäßigkeit dieses Verhaltens überprüfen zu lassen, hatte Großvater in unserer Dorfkneipe getönt. Donnerstags ging er dort zum Stammtisch. Vater ging seitdem nicht mehr mit. Ich hatte sein Gespräch mit Mutter mit angehört. Streit war nicht Vaters starke Seite. Und in diesem Punkt gab ich ihm Recht.

Als ich den Schlüssel ins Schloss des Hoftors steckte, musste ich laut lachen. Auf die schwarze Angebotstafel neben dem Ladeneingang hatte Vater mit Kreide geschrieben: *Spreewaldgurken, das ist wahr – gibt es jetzt das ganze Jahr!* Hoffentlich bleibt mir dieser Salat erspart, dachte ich, als ich das quietschende Tor wieder schloss.

Jochen fuhr diesmal auf der MS Boizenburg. Ein Stückgutfrachter, elftausendzwohundert Bruttoregistertonnen, wie Vater akribisch auf dem wandzeitungsartigen Gebilde im Hausflur vermerkt hatte. Neue Glaskopfstecknadeln auf der Weltkarte: Zunächst Oslo und Hamburg, dann wohl Atlantik – je nach Ladung. Das Schiff fuhr Charter, was bedeutete, dass sie wieder mal schwimmendes Gütertaxi machten. Vorhersagen über den Kurs waren da nur kurzfristig möglich. Vater benahm sich wie ein Feldherr, der seine Truppen für die entscheidende Schlacht formierte. Irgendwie tat er mir leid.

Ich hatte Mutter, die im Laden gerade Mittagspause machte, die Dreckwäsche hingekippt; ihre Wiedersehensfreude hielt sich in Grenzen, zumal ich erklärte, keinen Hunger zu haben. Seit dieser Woche betrachtete ich meinen Bauch mit Sorge. Da war Maikel, mein sprilliger Freund, im Vorteil. Der fraß ständig alles Mögliche in sich hinein, nachts im Bett noch, Kekse, Schokolade oder Käse, und trotzdem! Andererseits war ich größer, auch kräftiger.

Worauf mochte Frauke stehen - Rippenklavier oder schwellender Bizeps?

In meinem Dachzimmer machte ich erstmal vierzig Liegestütze und blieb schwer atmend auf dem Teppich liegen. Die schrägen Wände wirkten so bedrohlich nah, dass ich einfach nicht aufstehen mochte. Zudem drückte der heftiger werdende Wind vernehmlich klappernd aufs Dach. Und das frühere Gefühl der Geborgenheit war hier längst dem eingesperrt sein gewichen. In einem Fernsehbericht hatte ich kürzlich gesehen, mit welch aufwändigen Ritualen Naturvölker ihre Kinder ins Leben der Erwachsenen aufnahmen. Da gab es Schmerzen, da tat es richtig weh. Da spürte man, dass es nun Ernst wurde und man nicht allein war damit. Ich hatte vor zwei Jahren die Jugendweihe erhalten. Na, schönen Dank auch!

XXIV

Der Samstagnachmittag gehörte Jonathan Hegenbarth. Ich saß am kleinen Tisch unterm Dachfenster und starrte auf das Papier, das bereit lag, meine Visionen für das Jahr 2000 aufzusaugen. Keine einfache Sache. Ich wollte nicht auf den gleichen Quatsch verfallen, den ich in der *Jungen Welt* gelesen hatte. Die hatte heute eine ganze Seite mit ersten Zuschriften gefüllt: Da wollte etwa ein 15-Jähriger mariniertes Plankton zum Mittag bestellen, da quietschten die Haushaltsroboter in den Gelenken, weil sie mal wieder alles Öl ausgetrunken hatten, und die Felder der Genossenschaften wurden mit Staub von der Venus gedüngt. Überall hatten sozialistische Revolutionen gesiegt. Schöne heile Welt. Witziges war selten. Ein Mädchen schrieb, es werde

Tabletten geben, mit denen die Frauen die Farbe ihrer Frisur im Handumdrehn der jeweiligen Garderobe anpassen könnten. Ach ja: Mutter hatte, bevor sie nach der Mittagspause den Laden wieder öffnen musste, noch Zeit gehabt, anzüglich auf die Länge meiner Haare hinzuweisen. Ob ich mir denn nicht endlich ein Beispiel an Jochen nehmen wolle? Auch das noch! Eine Woche würde ich es vielleicht noch hinauszögern können, dann war ein Frisörbesuch wohl nicht zu vermeiden. Ich hasste ihn, diesen bedrückend süßlichen Geruch unseres dörflichen Frisiersalons. An keinem anderen Ort hatte ich mich je hilfloser gefühlt. Zuerst das obligatorische Warten, bis mit dem Verschnüren des weißen Umhangs im Genick die Hinrichtungszeremonie für die keck und vorwitzig über das Maß hinaus gewachsene Behaarung endlich eröffnet wurde. Das schien so etwas wie Freiwilligkeit und Zustimmung zu diesem Willkürakt auszudrücken, die zumindest in meinem Inneren keineswegs und niemals vorhanden waren. Ein Werbeplakat an der Wand gegenüber den Stühlen für die Wartenden empfahl, Papi müsse unbedingt *Comanat* nehmen, um seinem Haarausfall entgegenzuwirken. Das machte mir die fortschreitende Glatze meines Vaters tatsächlich sympathisch. Vielleicht würde es ja im Jahr 2000 auch eine Pille geben, mit der man quasi über Nacht die Länge seiner Haare regulieren könnte!?

Quatsch, wie gesagt. Nebensächliche Kleinigkeiten. Ich konnte mir zwar derzeit überhaupt nicht vorstellen, mich irgendwann mal freiwillig beim Frisör einzufinden, doch das so ferne und fast mystische Jahr 2000 wollte ich damit nun auch wieder nicht belasten. Das konnte ich wohl auch Jonathan Hegenbarth nicht antun, der – so hoffte ich zumindest – doch von meinem Beitrag eine gewisse Substanz erwarten würde.

Mir fiel Markus ein. In ein paar Jahren würde die Einberufung auch mir den Ehrendienst bei der Nationalen Volksarmee auferlegen. Vielleicht wäre das ja eine Vision, dass meinem Sohn in dreißig Jahren dieser Zwang erspart bleiben würde!? Meinem Sohn? Natürlich würde ich einen haben! Und im Moment konnte ich mir dafür auch nur eine Mutter vorstellen! Wir würden sicher immer noch zusammen Musik machen. Frauke hätte Gesang studiert, ich würde ansonsten schriftstellerisch tätig sein. *Schreiben, um zu erfahren also.* Aber meine Romane ließen genug Zeit für die kleine Form zwischendurch: Lieder, die viele erreichen, zumal, wenn sie von einer Stimme wie Fraukes getragen werden. Unser Sohn hat ein Schlagzeug im Keller, ein Klavier im Zimmer und Pickel, die er sich morgens vorm Spiegel ausquetscht, genau wie ich es jetzt tue. Unsere Tochter ist vielleicht schon erwachsen, denn dreißig Jahre sind eine lange Zeit. Sie kann Verschiedenes studieren, um sich auszuprobieren. Also muss ich, der dann sechsundvierzig ist, noch darauf warten, Großvater zu werden. Und Frauke ist froh, weil Enkelkinder so furchtbar alt machen, wie sie sagt. Obwohl die ja süß seien, zweifellos. So sind wir ganz hin und her gerissen. Und buchen zunächst mal einen Urlaub am Mittelmeer. Im Reisebüro schwanken wir eine Weile zwischen Griechenland, Algerien und Südfrankreich. Wir entscheiden uns schließlich für Griechenland, weil wir auch ein bisschen Kultur dabeihaben wollen, und die vermutet man ja dort unten in Hellas zuhauf. Ich bin froh, natürlich, dass in Athen das faschistische Regime längst abgedankt hat. Ob die ganze Welt nun gleich rot geworden ist, weiß ich nicht. Aber offener auf jeden Fall. Ach ja: Arbeit bekommt man nur noch in einem Radius von seiner Wohnung angeboten, dass man die Arbeitsstelle mit dem Fahrrad erreichen kann. Das fände ich schon ziemlich wichtig ...

Unten knallte eine Tür. Tatsächlich, schon vier Uhr durch, und ich hatte alles nur zum Fenster hinaus geträumt und nichts zu Papier gebracht. Mutter hatte den Laden nun geschlossen und kam eben herüber, um langsam das Abendessen vorzubereiten. Samstags gab es wie immer Suppe. Graupen, Erbsen oder gelbe Bohnen. Na ja, Mutter kochte nicht besonders gut. Sie hatte wohl auch wenig Zeit gehabt, sich darin auszuprobieren. Ihr Pech nur, dass ich nun die Woche über im Pfarrhaus wohnte und Frau Lohmann dort neben ihrem Gott durchaus auch weltliche Genüsse gekonnt bediente.

Gut, mit Verweis auf die abendliche Geburtstagsfeier bei Franzheinrich musste ich heute ja nicht mitessen.

XXV

Der Bus hielt in Dornbeck direkt vor einem kleinen Menschenauflauf. Ich traute meinen Augen kaum, als ich ausstieg. Franzheinrich bildete den Mittelpunkt, sitzend - ach was: thronend auf einem beigeroten, chromblitzenden Moped. Der Motor surrte blechern, Franzheinrich drehte am Gasgriff und ließ ihn aufheulen. Stinkende Abgaswolken hüllten die Menschengruppe ein, die mich mit Hallo begrüßte. Marlene und Annemarie waren darunter. Beide stammten ja aus Dornbeck.

„Willst du mal aufsteigen, Tom?" brüllte Franzheinrich atemlos. „Dann drehn wir 'ne Runde, Alter, hey?!"

„Lass gut sein", wehrte ich ab. Blöder Protzer. Am liebsten wäre ich wieder in den Bus gestiegen, aber der war schon weitergefahren. Franzheinrich kümmerte sich auch nicht weiter um mich, da einer der Dorfjugendlichen die Gangschaltung erklärt haben wollte. Ich stand wie überflüssig herum. Die kahlen Kirschzweige, die ich mit Großvaters Genehmigung für Franzheinrich am Nachmittag von einem unserer Bäume geschnitten hatte, verdorrten mir geradezu in der Hand, und das sorgsam eingewickelte Geschenk – ein Spulentonband, 540 Meter, von Agfa Wolfen, das mich mein halbes Zeugnisgeld gekostet hatte – kam mir winzig vor angesichts des Sperber. Franzheinrich ließ eben die Kupplung springen, dass sich das Moped vorn aufbäumte, und bremste dann zu scharf. Abgewürgt! Ich grinste schadenfroh.

Jetzt schlingerte der Gegenbus aus der Kreisstadt die Dorfstraße entlang, und ein vielstimmiges Gejohle begrüßte Frauke, Annette, Henning und Juks. Ich schaute ungläubig auf die Tür, die der letzte Aussteiger zugeschlagen hatte. Wieso war Maikel nicht im Bus gewesen?

„Hey, auf geht's!" brüllte das Geburtstagskind, das den Sperber inzwischen wieder gestartet hatte, und unser Tross setzte sich in Bewegung. Ich drängelte mich zu Frauke, die erleichtert schien, als sie mich sah.

„Weißt du, wo Maikel ist", fragte ich. Frauke hob die Schultern. „Ich hab mich auch gewundert", sagte sie. „Wir haben gestern noch mal telefoniert, da hat er gesagt, er wird am Bus sein".

Noch mal telefoniert, gestern! Natürlich, es gab einen Stich. Nur die Frage, wo Maikel geblieben war, beantwortete das auch nicht.

„Telefoniert? Gab's denn was Besonderes?" fragte ich so leichthin wie möglich.

„Nee" – Frauke lachte – „Michael hatte nur grade 'nen witzigen Einfall gehabt: Wir könnten uns doch *Die Privilegierten* nennen statt *Charisma-Combo* ..."

„Die Privilegierten?"

„Na ja, weil wir alle Telefon hätten. Das sei doch was ziemlich Besonderes, aber eben gut für die Vorbereitung der Proben, hat er gemeint."

Tatsächlich, das war mir noch gar nicht aufgefallen. Die Pfarrei Lohmann-Kirszenstein hatte natürlich einen Draht. Hennings Eltern waren beim Rat der Stadt, Juks' Vater war Psychiater. Auch Franzheinrich profitierte vom Status eines allmächtigen Vaters. Frauke hing an der Gaststätte *Zum Rosengarten* dran, und ich am Ladengeschäft *Hantke Nachf. KG.* Nur blöd, dass Maikel mit seinem Einfall ausgerechnet Frauke angerufen hatte und nicht zum Beispiel mich ...

Das Tonbandgerät dröhnte durch den zum Fetenraum umfunktionierten Schuppen, und alle brüllten mit: *Hang on, Sloopy, Sloopy, hang on, yeah, yeah, yeah* ... Ich tanzte mit Frauke; alles andere hätte mir keinen Spaß gemacht. So gesehen war es gar nicht schlecht, dass Maikel fehlte. Jedes Mal, wenn sich unsere Blicke trafen, klopfte mein Herz spürbar. Frauke trug ihren karierten Mini, dazu rote Stiefeletten. Ich sah wohl, dass die Dorfjugendlichen, die sich

an den Bierkästen festgesetzt hatten, auffällig oft herüber-
guckten. Einige kannte ich von früher, als wir noch gemeinsam die Dorfschule besuchten. Inzwischen war man
sich wohl ziemlich fremd geworden, wie ich aus den Blicken spürte.

Die *Kinks* hämmerten *You really got me* aus dem Ton-
bandlautsprecher. Franzheinrich hatte ein paar Laternen in
den Schuppen gehängt, auf deren buntes Licht die Be-
leuchtung nun reduziert wurde. Die Schatten der Tanzen-
den zuckten über die gekalkten Wände. Frauke fächelte
sich Luft zu und zog mich zu den Getränken. Ich öffnete
uns zwei Flaschen Bier. Wir tranken, und ich beobachtete
die Leute um uns herum. Henning hatte sein strohblondes
Haar wieder zu einem gewaltigen Haufen auftoupiert und
tanzte mit Annemarie. Seine Bewegungen erinnerten an einen Tanzbären. Juks lehnte gelangweilt an einem Pfeiler
und trank Bier aus einem Glas. Er war wohl der Einzige
im Raum, der sich dazu ein Glas genommen hatte. Franzheinrich hatte seinen Sperber in den Schuppen geschoben
und hockte darauf wie ein Ritter vorm Turnier. Die aus
dem Dorf hielten sich dicht bei ihm, wobei nicht ganz klar
war, ob ihr Interesse wirklich Franzheinrich und seinem
imposanten Geschenk galt oder eher der Flasche Doppel-
korn, die das Geburtstagskind immer mal gönnerhaft herum reichte. Einer der Typen, ein Stämmiger mit Wildleder-
weste, versuchte gerade Marlene zu küssen, als genau jene
Akkorde erklangen, die zu Fraukes vor nicht mal einer Woche gepfiffenen kleinen Melodie gepasst hätten. Die auf
der Tanzfläche standen einen Moment unentschlossen
und näherten sich dann paarweise scheu an, und neben mir
hörte ich jemanden sagen: „Tanzen wir mal, hey?!"

„Danke", antwortete Frauke und zeigte auf ihre Flasche. „Ich möchte jetzt nicht, vielleicht später!"

Allan Clarke sang mit seiner hellen Stimme *The road is long / with many a winding turn / that leads us to who knows where, who knows where?*

„Komm, stell die Flasche hin – oder gib sie dem hier so lange" – es war der Typ mit der Lederweste. Er zeigte auf mich und fasste Frauke am Arm. Sie sah mich hilfesuchend an.

But I'm strong / strong enough to carry him ...

„Lass sie doch, wenn sie jetzt nicht tanzen will", sagte ich mit einem Kloß im Hals und fühlte, wie mein Puls zu pochen begann.

... He ain't heavy, he's my brother.

„Hey, Macker", sagte der andere laut und zog fester an Frauke. „Misch dich nicht ein. Oder gehst du mit dem, he? Was ist, gehst du mit dem?!" Er guckte lauernd.

„Und wenn?" erwiderte Frauke und schüttelte ihren Arm frei.

So on we go / his welfare is of my concern / no burdon is he to bear, we'll got there.

Könnecke. Der Typ hieß Karl-Heinz Könnecke, fiel mir ein. Kalle. Hatte einen üblen Ruf schon damals, als er ein paar Klassen über uns aus der Schule abging. Ich schluckte am Schwefelgeschmack.

For I know / he would not encumber me / He ain't heavy, he's my brother ...

Der *Hollies*-Text wurde langsam zum Hohn, und ich staunte, dass ich in dieser Situation noch so viel davon mitbekam. Jeder wächst eben auf seine Weise über sich hinaus, schoss es mir durch den Kopf, und tatsächlich – ich musste grinsen. Scheiße!

Meine linke Gesichtshälfte brannte. Könnecke hatte nur mit der flachen Hand zugeschlagen, eine demütigende Ohrfeige. Ich taumelte und stieß ihn wirkungslos vor die Brust. Meine Bierflasche knallte auf den Steinboden, es klirrte und spritzte.

„Hey, du Sau", brüllte Könnecke. „Erst grinsen und mich dann vollsauen!" Seine geröteten Augen wirkten dabei seltsam glasig, die Stimme hallte, und überhaupt war alles wie im Film. Auch der Soundtrack lief unerbittlich weiter. ... *It's a long, long road / from which there is no return ...*

Genau, es gab kein Zurück jetzt. Könnecke hatte bereits ausgeholt, diesmal mit der geballten Faust. Jede schützende Handbewegung von mir wäre zu spät gekommen, und instinktiv trat ich zu. Vollspann, dazu mit jener Wucht, die ich mir vor Jahren beim Fußballspiel mit Jochen vergebens gewünscht hatte. Könnecke brach jaulend zusammen, und da erst sah ich, dass Frauke an seinem Arm hing mit weißem, entschlossenem Gesicht.

And the load / doesn't weigh me down at all ...; dann brach die Musik ab.

Die Stille hatte etwas Unwirkliches. So musste alles Leben in dem Moment erstarrt sein, als Dornröschen sich an der Spindel stach. Und Blut hier wie dort: Beim Versuch, wieder hochzukommen, hatte Könnecke wohl in eine

Scherbe gefasst und sah nun ungläubig auf den Schnitt in seiner Hand.

Ich zog Frauke zu mir, und zum Glück war jetzt Franzheinrich dazwischen. „Mensch, Kalle, das ist mein Geburtstag hier! Ich hab dir doch gesagt, das ist keine Braut für dich, Mann. Komm, trink, Alter!" Könnecke griff mit der unverletzten Hand nach der Kornflasche und setzte ziemlich lange nicht ab. Sein Blick ließ nichts Gutes ahnen, und so konnte ich gerade noch ausweichen, als die Flasche angesaust kam. Sie flog an meinen Kopf vorbei und krachte hinter mir in Franzheinrichs Sperber. „Du Blödmann!" schrie der. „Raus, Könnecke, raus hier, sonst macht mein Vater dich alle!"

Könnecke war vom Schwung seines Wurfes selbst ins Taumeln geraten, fing sich nur schwer und schob sich dann schnaufend und noch etwas gekrümmt durch die erschrocken Zurückweichenden zur Tür. Das von der Hand tropfende Blut markierte seine Spur, und ich dachte, dass auch das in irgendeinem Märchen vorkommen müsse. Komisch, was einem so in den Sinn kommt. Mechanisch zog ich Frauke fester an mich und merkte erst dadurch, wie sehr ich zitterte.

Es gibt diese Situationen im Leben, da fragst du dich, wie das alles, was eben gerade passiert ist, in so einen winzigen Zeitraum hineingepasst haben soll. Und ob das, was wir da tun, wirklich von bewussten Entscheidungen, denen Überlegungen vorausgehen, abhängt. Oder gibt es Momente, in denen sich der gesunde Menschenverstand plötzlich so mies und überflüssig fühlt, dass er sich einfach ausschaltet, um Platz zu machen für Reaktionen, die kein Nachdenken brauchen, ja mehr noch: für die Nachdenken hinderlich wäre, gefährlich, tödlich vielleicht?! Augen auf und durch! Fremde Planeten, unbekannte Wesen, verrückt gewordene Computer. Hinterher kamen sich die siegreichen Helden im Fernsehen dann vor, als seien sie von einem unsichtbaren, schützenden Kokon aus neuronalen Zeitschleifen umgeben gewesen. Oder so ähnlich jedenfalls.

Die Leute um uns herum waren durch geheimnisvolle Kräfte weit fortgerückt. Ihre Bewegungen außerhalb dieses Bannkreises wirkten verlangsamt, schwimmend, und ihre vertrauten Gestalten schienen deformiert wie in einem Spiegelkabinett. Henning fuhr sich wieder und wieder mit gespreizten Fingern mechanisch durchs Haar. Juks lehnte irgendwie verkrümmt noch immer am Pfeiler, der auch verbogen schien, und starrte ins Leere. Franzheinrich hockte vor seinem Moped und wischte fahrig daran herum. Was war mit meinen Ohren los? Ich brauchte eine Weile, um klar zu bekommen, dass dieser Klangbrei ein Gemisch war aus der leiernden Tonbandwiedergabe – das Gerät war vom Tisch gerutscht, jemand hatte es wieder angeschaltet, doch die Bandspulen schliffen irgendwo – und meinem hastig rauschenden Puls. Einzig Frauke befand sich bei mir, innerhalb des Kokons. In ihren Augen glühten ganz tief drin die grünen Pünktchen, ganz weit hinten sozusagen. Wenn du in irgendeinem Buch liest von den unergründlichen Augen der Frauen, in denen man sich verlieren könne – Gott, was fürn Quatsch, denkst du. Aber was dann?

„Hey, Thomas", sagte Frauke leise, und es klang ganz klar und deutlich in dem Brei ringsum. „Lieber Tom ...", dann küssten wir uns, und das rhythmische Rauschen wurde wieder stärker.

Plötzlich stand Franzheinrichs Vater, ohne sich um meinen mühsam gezogenen Bannkreis zu scheren, mitten im Raum und sagte ohne jeden Bezug zum eben Vorgefallenen: „Frau Lohmann hat angerufen. Ihr sollt nicht warten, sie ist mit Michael noch bei der Polizei. – Kann mir das mal jemand erklären, he?!"

XXVI

Vielleicht hätte es ja nach Fraukes Kuss doch noch ein schöner Abend werden können. Hätte! Jetzt stand Franzheinrichs Vater wie ein massiver Vorwurf da und guckte von einem zum andern. Alle schwiegen, und ich war sauer auf Franzheinrichs Vater. Aber eigentlich hatte der ja nur den Anruf von Frau Pastorin Lohmann weitergeben wollen. Weder die Blutspur hier im Schuppen noch die Kratzer im Lack des nagelneuen Sperber oder gar Maikels Abwesenheit waren sein Verschulden, und Vätern darf man wohl die Erwartung nicht verübeln, über Dinge, die mit der Polizei zusammenhingen, aufgeklärt zu werden. Ich war froh, dass Franzheinrich mit dem Naheliegenden begann.

„Könnecke ist durchgedreht", krächzte er heiser, „und da haben wir ihn rausgeschmissen". Dabei streichelte er liebevoll über den Tank seines Sperber, der wohl sogar eine leichte Delle von der Kornflasche zurückbehalten hatte. „Das muss der doch bezahlen, stimmt's, Papa?!"

Der winkte genervt ab. „Und was macht der Lohmann bei der Polizei?"

Komisch – bei dem Wort Polizei fiel mir nur unser rothaariger Dorfwachtmeister Sommerfeld ein, und ich musste bei der Vorstellung, Maikel könnte bei ihm auf der Wache sitzen, grinsen. Franzheinrich zuckte beleidigt mit den Schultern und schaute mich trotzig an. Als ob ich die Antwort wüsste! Und dass sein Vater nicht näher auf die Beschädigung seines Geburtstagsgeschenks einging, war schließlich auch nicht meine Schuld. Also blickte ich starr an Franzheinrich vorbei und biss mir auf die Lippen. Juks löste sich von seinem Pfeiler und meinte trocken: „Na, als Pfarrersohn wird er sicher kreuzweise verhört". Ein paar glucksende Lacher kamen, aber keine auflockernde Heiterkeit. Und Frauke sagte: „Du bist vielleicht blöd, Mann!"

Franzheinrichs Vater guckte sich noch mal unzufrieden um und ging dann wortlos. Juks und Henning setzten das Tonbandgerät in Gang, und hier und da murmelten die Gespräche wieder los. Erst jetzt merkte ich, dass ich Fraukes Arm noch immer ziemlich heftig umklammerte. Franzheinrich kam auf uns zu, und ich lockerte meinen Griff, ohne Frauke ganz loszulassen.

„Das war schon in Ordnung mit dem Könnecke, Alter", sagte er und reichte mir verschwörerisch eine neue Schnapsflasche. Ich wog sie unschlüssig in der Hand. „Ist halt ein Arsch, ich hab ihm ein paar Mal gesagt, er soll dich zufriedenlassen, Frauke ..."

„Ich bin dir so dankbar, Franzheinrich", erwiderte ihm Frauke spitz. Der bekam wohl wirklich nichts mit.

„Ist schon okay. Aber die Jungs da hinten sind jetzt echt sauer, Tom." Er nickte über die Schulter leicht zu seinem Dorfclan hin. „Weißt ja, wie das ist mit Dornbeck und Transtedt. Wie kommst'n nach Hause?"

„Ich fahre mit Frauke zur Stadt zurück", sagte ich. Sie guckte überrascht. Derartige Entscheidungen sind nicht unbedingt meine große Stärke. Ich meine, ich brauche dafür eigentlich 'ne ziemliche Bedenkzeit. Diesmal war ich mir und den grünen Lichtpünktchen gegenüber völlig hilflos. Und außerdem hatte ich schlichtweg Schiss, der Dornbecker Dorfjugend eine offene Feldschlacht liefern zu müssen.

Franzheinrich nickte. „Finde ich vernünftig, Tom. Klar steh ich dir bei, Alter. Aber du weißt ja, wie das ist." Er nahm mir die Kornflasche wieder ab und ging zurück zu seinem Moped. Getrunken hatte ich nichts.

„Komm!" sagte Frauke nach einem Blick auf ihre Armbanduhr. „Der nächste Bus fährt in zehn Minuten. Wir müssen ja nicht unbedingt auf den letzten warten!"

Unser leiser Abschied wurde von den anderen kaum zur Kenntnis genommen. Jeder bemühte sich, nach den Störungen stimmungsmäßig wieder Tritt zu fassen. Die Bügelverschlüsse der Bierflaschen schnappten vernehmlich. Es wurde geredet, gelacht, gestikuliert. Auf mich wirkte es plötzlich wie Marionettentheater.

Wir liefen schweigend, und ich hielt Fraukes Hand so vorsichtig in meiner, als sei sie ein rohes Ei. Die Nacht war sternenklar und wieder ziemlich kalt geworden. Kaum eine Straßenlaterne störte den Blick zum Himmel. Ich suchte den Großen Wagen, verlängerte in Gedanken die Hinterachse fünf Mal und kam zum Polarstern. Eine verlässliche Größe für die Orientierung, der Fixpunkt, um den sich alles dreht, wie Vater, der verhinderte Seefahrer, gern mit einer Betonung vortrug, als stelle dies eine die Nautik revolutionierende Erkenntnis dar. Maikels Bruder hatte, als wir mal nachts zu dritt aus seinem Fenster in die Sterne guckten und ich von Vaters Sprüchen erzählte, gelacht und gesagt, dass Orientierung gar nichts mit dem Polarstern zu tun haben könne, rein logisch gesehen. Orientierung hänge ja mit *oriente*, also dem Osten zusammen, und der Polarstern stehe schließlich im Norden. *Ex oriente lux,* Leute, hatte Markus in seine Rotweinflasche hinein gekichert. Das höre der große Bruder gern, dass schon die alten Lateiner wussten, wo Lenin mal die Sonne aufgehen lassen würde, he – er musste husten und brach ab. Ich brauchte eine ganze Weile, um zu verstehen, was er gemeint hatte, und kam mir damals selbst ein bisschen ausgelacht vor. Markus war klug, zugegeben. Doch sein ironisches Grinsen unterm struppigen Bart schien der Umwelt immer auch mitzuteilen, dass er sie nicht besonders ernst nahm.

Der große Bruder. Komischer Vergleich. Und viele Möglichkeiten! In George Orwells Roman 1984, auf den uns Jonathan Hegenbarth zu Beginn des Schuljahres aufmerksam gemacht hatte – er solle demnächst bei Volk und Welt in Lizenz erscheinen, hieß es damals, doch als es so weit war, hatte ich dann doch kein Exemplar mehr abbekommen in unserer Volksbuchhandlung –, war der Big Brother die allgegenwärtige Überwachungsmaschinerie. Eine entlarvende Parabel und erschreckende Satire sei das auf die Praktiken des menschenverachtenden kapitalistischen Systems, hatte Petra Kaiser ergänzt. Hegenbarth gab seiner Verwunderung Ausdruck, dass unsere FDJ-Sekretärin bereits im Besitz des Buches sei. Die war rot geworden. Nicht direkt im Besitz, hatte sie gesagt. Aber diese treffende Einschätzung habe schließlich so im letzten Argumentationsbrief der FDJ-Kreisleitung für Kulturinstrukteure gestanden.

Wenn Leonid Breschnew, der neue Generalsekretär der sowjetischen Kommunisten, unseren schmächtigen Walter Ulbricht bei Begrüßungen fast zu erdrücken schien, lästerte Großvater Johann manchmal vor dem Fernsehschirm, jetzt nähme uns der große Bruder mal wieder heftig in die Mangel. Mein Vater sagte dann regelmäßig einen relativierenden Satz, in dem vom Bruderland oder den Brudervölkern die Rede war. Er sagte das allerdings nicht direkt zu Großvater, sondern mehr so allgemein, doch ich spürte die Spannung im Raum fast körperlich, ohne sie richtig zu verstehen. Wahrscheinlich verkürzte ich den Vergleich auf meine prägenden Erfahrungen als Jochens kleiner Bruder. Ich wusste schließlich, was es hieß, heftig in die Mangel genommen zu werden. Und Ulbricht tat mir gleich ein bisschen leid.

Aus einer Seitenstraße näherten sich plötzlich schnelle Schritte, und ich zuckte zusammen. Doch es war nicht Könnecke, sondern eine ältere Frau mit Kopftuch, die uns erstaunt ansah und weiter eilte. Dann standen wir an der Bushaltestelle. Jetzt waren wir die Einzigen hier. Frauke drehte sich zu mir, ich umfasste ihre Hüften und zog sie an mich, mein Herz pochte, und als wir uns küssten, merkte ich, dass ich einen ganz trockenen Mund hatte. Fraukes Zunge spielte sanft mit meiner. Dass sie die Augen nicht zu machte beim Küssen, widersprach zwar meinen geringen Erfahrungen auf diesem Gebiet, doch es störte mich nicht. Die Sterne spiegelten sich in ihnen und tanzten zwischen den grünen Pünktchen.

Der Bus war schon zu hören, als er sich noch weit vor dem Dorf befand. Ein heckgetriebener Ikarus, der heranraste wie ein Torpedo. Die Bremsen quietschten; wahrscheinlich hatte der Fahrer nicht damit gerechnet, dass in Dornbeck jemand zusteigen wolle. Wir setzten uns weit nach hinten, Frauke schmiegte sich in meinen Arm, und als das Licht aus ging, küssten wir uns wieder. Es war wie ein aufregendes neues Spiel, ein vorsichtiges Suchen, ein sachtes Entdecken. Meine Hand glitt unter Fraukes Anorak. Zunächst blieb sie in Hüfthöhe liegen, und es brauchte ein tiefes Durchatmen, bis ich sie zentimeterweise höher schob. Ich spürte, wie mein Glied anschwoll und gegen den Hosenstoff spannte. Meine Kopfhaut kribbelte, als wäre sie überbrüht worden. Frauke drehte sich etwas zur Seite, und nun lag ihre Brust in meiner schwitzenden Hand. Ich vergaß fast das Weiterküssen und streichelte vorsichtig die feste Wölbung. Auch Frauke atmete schneller. Der Bus raste durch die S-Kurven vor der Stadt, und wir hielten uns aneinander fest. Die Fahrt hätte endlos weiter gehen können, so viele Möglichkeiten zum Festhalten gab es noch. Als ich dann auf dem Busbahnhof stand und etwas benommen den Rücklichtern hinterher guckte, die unsere Gesichter zusätzlich rot anstrahlten, hatte ich jedenfalls mehr begriffen als durch Doktor Sommers *BRAVO*-Artikel oder die Rubrik *Unter vier Augen*, die in der *Jungen Welt* von Dr. Sommers Halbbruder im Geiste Karl Hecht betreut wurde, der allerdings nicht nur Doktor schlechthin war, sondern sogar ein Dr. habil!

Schreiberlinge, dachte ich verächtlich und stolz und hatte wohl erkannt, dass bedrucktes Papier und das Leben eben doch zwei ganz verschiedene Paar Schuhe waren.

XXVII

Für einen Moment schien es, als seien wir die Einzigen auf dem nächtlichen Busbahnhof. Ich schlug fröstelnd den Kragen meiner Jacke hoch und schaute mich unschlüssig um. Frauke trippelte hin und her.

„Und nun, Thomas? Was machen wir nun?"

Ich wusste es einfach nicht. Die Einsamkeit hier mitten in der schlafenden Stadt wirkte ernüchternd. Irgendwie war mir auch schlecht, ich trank ja sonst kein Bier, und gegessen hatte ich auch kaum was.

„Soll ich dich zur Straßenbahn bringen?" fragte ich unschlüssig. „Oder vielleicht doch bis nach Hause?"

„Was ist denn los, Thomas" – Fraukes Stimme klang ärgerlich. „Stehst plötzlich da wie ein Fremder. Ich dachte, du hattest 'ne Idee wegen Michael?!"

„Michael, Michael", äffte ich sie nach und ruderte mit den Armen. „Was willst du denn immer mit Maikel? Ich bin doch eigentlich wegen dir mitgefahren, und nun weiß ich auch nicht weiter!" Jetzt brüllte ich fast schon vor Hilflosigkeit.

Aus dem Schatten eines nahegelegenen Gebäudes lösten sich zwei Gestalten und traten demonstrativ einige Schritte vor ins Licht. Eine Polizeistreife. Frauke entdeckte sie im selben Moment.

„Ich dachte ja nur, du bist sein Freund", sagte sie, drehte sich von mir weg und ging rasch auf die Volkspolizisten zu. Was sollte das denn jetzt? Wollte sie etwa deren

Beistand gegen mich? Ich blickte einfach nicht mehr durch und trottete hinterher.

„Guten Abend", sagte Frauke. „Entschuldigen Sie, wir haben ein Problem, vielleicht können Sie helfen. Ein Freund von uns, Michael Lohmann, soll heute Nacht hier bei der Polizei sein. Wir würden gern mit ihm sprechen. Wissen Sie, wo er da sein könnte?"

Die Polizisten blickten starr. Wahrscheinlich hatten sie was anderes erwartet. Dann klopfte der eine an sein Sprechfunkgerät und trat zwei, drei Schritte zur Seite. Dort redete er kurz, lauschte angestrengt und fragte plötzlich laut: „Wie heißt Ihr Freund noch mal?"

„Lohmann", beeilte ich mich zu sagen, „Michael Lohmann-Kirszenstein ganz genau".

Wieder redete der Polizist leise, schaltete dann das Gerät ab und trat wieder heran. Er wechselte einen raschen Blick mit seinem Kollegen. „Können Sie sich eigentlich ausweisen, Bürger?" fragte er unvermittelt. Ich stöhnte auf. Das hatte man nun davon. Frauke nahm ihren Personalausweis aus ihrer Handtasche und gab ihn dem Polizisten. Der leuchtete kurz mit einer Taschenlampe hinein und anschließend in Fraukes Gesicht. Sie blinzelte nicht mal. „Und Sie, Bürger?" meldete sich jetzt der andere.

„Wir hatten eigentlich nur eine einfache Frage gestellt", sagte ich gereizt. „Und jetzt stellen wir die Fragen", schnarrte es zurück. Ich zog meinen Ausweis aus der Jacke. Jede Seite wurde einzeln umgeblättert.

„Sie haben also hier in Halberstadt nur Ihren Nebenwohnsitz, Herr Mertin", stellte der Polizist dann fest.

Ich nickte. „Das steht doch da!"

„Das sehe ich selbst", sagte der Polizist schärfer.

„Warum fragen Sie dann?!"

„Jetzt werden Sie nicht frech, Bürger", fuhr der andere dazwischen, „sonst landen Sie wirklich noch heute Nacht bei Ihrem Kumpan!"

Ich sah Frauke erschrocken und hilflos an. Deren Augen waren schmal geworden. „Michael Lohmann geht in unsere Schule", sagte sie, „in die Erweiterte Oberschule 'Bertolt Brecht'". Mit einem überraschenden Griff nahm sie dem Polizisten ihren Ausweis wieder aus der Hand.

„Und vielen Dank für Ihre freundliche Auskunft. Mit wem hatten wir denn eigentlich die Ehre?"

„Ich glaube nicht, dass Sie das was angeht," gab sich der Polizist, der noch immer in meinem Personalausweis blätterte, kurz angebunden und reichte mir die Papiere zögernd zurück. „Und nun gehen Sie, Bürger. Das VPKA öffnet am Montag um neun für Besucher."

Sie drehten sich um und verschwanden wieder im Hausschatten.

Ich nahm Fraukes Hand und ging einfach los. Wir bogen schweigend in den Breiten Weg ein. Die Haupteinkaufsstraße der Stadt machte auf mich nicht nur nachts einen kalten, unpersönlichen Eindruck. Zu beiden Seiten die riesigen Schaufensterfassaden der neuen zweistöckigen Geschäftshäuser, in denen sich die Straßenlaternen spiegelten. Mir fiel ein, wie ich vor ungeheuer lang erscheinender Zeit zum ersten Mal allein durch diese Straße gegangen war. Meine Eltern waren mit mir hergefahren, um mir die Erweiterte Oberschule zu zeigen, in die ich demnächst gehen würde. Auf dem Rückweg zum Bus wollte Mutter noch in einige Geschäfte schauen. Vater wartete mürrisch vor den Türen und schlug vor, ich solle doch schon weiter gehen und in der Gaststätte des Busbahnhofs vielleicht eine Bockwurst essen. Er fingerte umständlich eine Mark aus seiner Geldbörse und gab sie mir. Obwohl ich keinen Hunger hatte, war ich froh über die Gelegenheit zu entkommen. Dann aber entdeckte ich in den endlosen Schaufenstern der Geschäfte mein Spiegelbild und hatte plötzlich das Gefühl, meine Haltung sei ganz merkwürdig: Das Becken schien unnatürlich weit vorgeschoben und der Oberkörper so weit nach hinten geneigt, dass ich jeden Moment umfallen oder zerbrechen könnte. Ich lief schneller und vermied den Blickkontakt zu meinem schattenhaften Begleiter, der dennoch, wie ich spürte, stets auf gleicher Höhe blieb. Auch als die Geschäfte zu Ende waren, wurde ich ihn nicht los. Ich hatte inzwischen Kopfschmerzen bekommen, mir drehte sich alles vor den Augen und auf dem Kiesweg durch die Grünanlagen am Busbahnhof war ich dann hingestürzt. Fremde Leute legten mich auf eine Bank und bemühten sich noch um mich, als meine Eltern endlich vorbeikamen. Ich konnte schon wieder sitzen und versuchte, durch das bohrende Pochen hinter den Augen etwas wahrzunehmen. Vater hatte seinen Stock heftig vor mir in den Kies gestoßen und gesagt, ich solle mich nicht so haben. Halberstadt läge doch schließlich nicht aus der Welt, und für einen Vierzehnjährigen sei es ohnehin an der Zeit. Jochen habe da schließlich schon bis nach Rostock gemusst! Und er selbst habe in dem Alter seine Heimat verloren und dann fast noch sein Bein! Mutter stand daneben, besorgt und stumm. Ich hatte mich trotz der weichen

Knie tapfer erhoben, und Vater hatte mir zunächst das Markstück wieder abgenommen, da eine Bockwurst ihm jetzt nicht mehr angeraten schien.

Ich weiß ja auch nicht, was da mit mir los gewesen ist. Nur eines hatte ich in diesem Moment genau gespürt: Trauer wegen des bevorstehenden Abschieds vom Dorf und Angst vor dem Kommenden waren keinesfalls die alleinigen Gründe für meinen kleinen Zusammenbruch.

Wir liefen über den Fischmarkt, bogen wie auf Verabredung hinterm Dom ab und standen plötzlich am Anfang der dunklen Straße, in der ganz am Ende das Pfarrhaus Lohmann-Kirszenstein lag. Ich vergewisserte mich meines Schlüsselbundes in der Jackentasche. Die Schlüssel für das Pfarrhaus und unser Zimmer hatte ich also dabei. Es musste inzwischen kurz vor Mitternacht sein, also fast schon Sonntagfrüh. Das Pfarrhaus lag vollkommen dunkel da. Ich erstarrte. Am Straßenrand stand ein grauer Wartburg, in dem eben der Glutpunkt einer Zigarette aufleuchtete. Da wurden auch schon beide Vordertüren aufgerissen und zwei Männer sprangen auf uns zu. Ich stand wie gelähmt, bekam keinen Ton raus. Mein bisschen Mut war für heute längst aufgebraucht, und ohnehin konnte ich ja nicht beiden gleichzeitig in die Eier springen. Noch nicht mal Schwefel schmeckte ich mehr. Also klammerte ich mich nur an Frauke fest, die erstaunt, dabei aber ganz ruhig aussah.

„Mensch, Tom, wenigstens mal ein bekanntes Gesicht hier", grunzte es, und es dauerte einen langen Moment, bis ich Felix Schramm erkannte. „Molle und ich stehn seit Stunden hier rum", fuhr er fort, „aber keiner da, obwohl wir heute Abend doch spielen sollten im 'Butterberg'. Das is' nu' ausgefallen. Kirsche hat doch noch nie einen Auftritt verpasst. Ich verstehe das nicht, eh!" Schrammi sah echt ratlos aus.

Kirsche war Markus' vom Namen des Vaters abgeleiteter Spitzname, der aber wohl nur bei den *SATURNS* Anwendung fand. Mir kam das ziemlich respektlos vor.

„Einer von da drüben" – Schrammi zeigte auf die Häuser gegenüber – „hat gesagt, hier habe heute Nachmittag 'ne grüne Minna geparkt. Was is'n nur los, Mann?!"

Das hätte ich allerdings auch gern gewusst.

„Ich hab meinen Schlüssel dabei", sagte ich. „Wir gehen mal nachsehen und sagen dann Bescheid".

„Ach, lass man, nur nich' so umständlich, Tom." Schrammi und Molle standen schon mit uns im dunklen Hausflur, ehe ich die Tür wieder zu bekam. Also gut. Ich knipste das Licht an. Der Herr sieht alles, und seine Strafe erreicht dich gewisslich! Die flammenden Blitze auf dem Stahlstich, der als Blickfang den Raum beherrschte, schienen den Menschenwürmern heute noch etwas bedrohlicher als ohnehin. Sonst nichts Ungewöhnliches. Na ja, vielleicht doch: An der Garderobe hingen nur wenige Kleidungsstücke, und darunter standen nur Hausschuhe.

Ich zog Frauke am Donnergott vorbei zur Treppe.

„Wartet ihr hier, oder?", startete ich noch einen zaghaften Versuch, doch Felix Schramm hatte schon die ersten Stufen genommen, und Molle folgte ihm trotz seiner Körperfülle erstaunlich behände. Also trotteten wir hinterher. Schrammi und Molle stiegen gleich hinauf bis unters Dach, während ich zunächst auf die Klinke unserer

Zimmertür fasste. Tatsächlich abgeschlossen. Das war ungewöhnlich. Ich fummelte den Schlüssel aus meinem Bund heraus und öffnete. Beim Eintreten fröstelte mich etwas, obwohl die Fenster geschlossen waren. Ein paar von Maikels Sachen lagen ziemlich verstreut herum, auf dem Schreibtisch stand wie ein Fremdkörper die große, schwarze Schreibmaschine von Markus. Es roch nach kaltem Zigarettenrauch, was mich wunderte, da Maikel eigentlich immer gründlich lüftete.

„Hey, Tommy, Alter, guck dir das mal an hier!" brüllte Schrammi von oben durchs Treppenhaus. „Das glaubst du nicht, Alter. Das ist wie im Film!" Er schien sich nun ganz sicher, dass niemand außer uns im Haus war. Frauke sah mich fragend an. Ich zuckte die Schultern und ging zur Tür. Molle und Schrammi liefen oben herum und unterhielten sich halblaut. Ich stieg die Treppe hinauf und stieß in der Tür zu Markus' Räumen gegen den umgekippten Kohleneimer. Die Bücher waren von den Regalbrettern gewischt und lagen, teilweise aufgeschlagen und zerknickt, auf dem Boden herum. Dazwischen flatterten beschriebene Blätter. Die Decke war vom Sofa gezerrt, so dass der abgewetzte Stoffbezug die Beulen der ermüdeten Federung erkennen ließ. Ein paar leere Weinflaschen waren zu sehen, aus einer war wohl ein Rest ausgelaufen und hatte die umliegenden Papiere eingefärbt. Na, wenigstens kein Blut, dachte ich. Oder vielleicht doch? Das Schreibbrett vorm Fenster war abgerissen und stand in einer Ecke. Die aufgemalte Klaviatur sah aus wie ein überdimensionaler Reißverschluss, dem die andere Seite abhandengekommen war. Auch der Kleiderschrank war offenbar durchwühlt worden; er stand offen, und auf den Einlagebrettern herrschte ein Chaos, das schon deshalb ungewöhnlich erscheinen musste, da Markus gar nicht so sehr viele Sachen dort lagerte. Er trug ja meist diese dunklen Kordhosen und dazu eine blaue Arbeitsjacke aus Leinen, die er wohl irgendwie asiatisch fand, wie Maikel mal erheitert bemerkt hatte. Selbst auf der Bühne als Organist der *SATURNS* kombinierte er diese Kluft inzwischen lediglich mit einem roten Stirnband, das dem wirren Haar einen gewissen Halt geben mochte. Der rote Stofffetzen hing verloren innen an der Schranktür und zeigte an, dass Markus heute ganz bestimmt nicht sein Zimmer in der Absicht verlassen hatte, mit seinen Jungs auf die Bühne der Ausflugsgaststätte „Zum Butterberg" zu steigen.

„Tja, na ja", nuschelte Molle ratlos, „jedenfalls hier is' Kirsche auch nich'."

„Hab' ich auch nicht erwartet", verkündete Felix Schramm. „Schließlich haben wir so oft geklingelt, dass er es irgendwann sogar im schlimmsten Suff gehört hätte, oder?" Molle nickte.

„Also dann, Leute", sagte ich müde. Schließlich war ich nun so etwas wie der Hausherr hier. Und es reichte ja auch tatsächlich hin für heute. Ich hatte sowieso das ganz bestimmte Gefühl, dass mich dies alles im Moment nicht wirklich erreichte.

Schrammi schubste Molle zur Tür. „Los, Abmarsch. Sonst kriegen wir nich' mal mehr im Ko-Ca 'ne Molle". Sie lachten noch auf der Treppe. Ich blieb auf der obersten Stufe sitzen und stützte mein Gesicht in beide Hände. Es fühlte sich heiß an, und meine Augen brannten. Dahinter pochte es bereits so heftig, dass ich gar nicht erst versuchte, in all dem hier einen Sinn zu suchen. Unten klappte die Haustür, und im selben Moment erlosch das Treppenhauslicht. Kurz danach kam der Wartburg stotternd in die Gänge. Da musste Schrammi in seiner Werkstatt wohl mal die Zündung nachstellen ... aha, dachte ich, auf der rein sachlichen Ebene funktioniere ich noch.

„Thomas? Hey, Tom, bist du noch oben?" Frauke hatte ich völlig vergessen. Ich stand auf, bekam das Treppengeländer zu fassen und tappte im Dunkeln hinunter in den ersten Stock. Frauke hockte verloren in einem Sessel und hatte die Füße ganz eng an sich gezogen. Vielleicht war ihr kalt. Der Wecker auf dem Schreibtisch zeigte genau ein Uhr. Wenn man viel Glück hatte, erwischte man um diese Zeit noch die Lumpensammlerstraßenbahn. Das war im Moment ein vollkommen absichtsloser Gedanke.

„Was machen wir nun, Tom?" Frauke stellte damit eine Frage, für deren Beantwortung ich im Moment ohne Weiteres den Nobelpreis stiften würde. Aber stumm dasitzen war auch blöd.

„Oben ist alles durchgewühlt. Sieht aus wie 'n Bombeneinschlag. Komisch, dass die Schreibmaschine hier unten steht ..."

Ich ging zum Schreibtisch. In der Maschine steckte ein Blatt, das ich herausdrehte.

„Oh, Mann, Scheiße", entfuhr es mir, als ich die wenigen Zeilen überflogen hatte. Frauke sah auf, und an ihrem Blick war zu erkennen, dass ich ziemlich mies aussehen musste. Ich reichte ihr das Blatt Papier, dass sich sofort wieder einrollte, da es zu lange in der Walze gesteckt hatte. Sie glättete es und las ohne Betonung die unwirklichen Sätze vor:

Hallo, Tom. Es ist jetzt Sonnabend und halb sechs. Markus ist vorhin verhaftet worden, weil er angeblich an Willy Brandt geschrieben hat wegen der Fahne. Mutter und ich gehen jetzt zur Polizei. Oder Stasi, mal sehen. Und deine Mutter hat grade angerufen und geheult, weil Jochen in Hamburg abgehauen sein soll.

Halte die Stellung, M.

XXVIII

Als ich aus der Küche zurückkam, hatte Frauke mehrere Kerzen angezündet und im Zimmer verteilt und lag selbst zugedeckt in meinem Bett. Pullover, Rock und Strumpfhose hatte sie daneben über die Stuhllehne gehängt. Sie guckte sehr entschlossen und biss heftig in die dick mit Leberwurst bestrichene Brotscheibe, die ich ihr gereicht hatte. Dann nahm sie eine saure Gurke vom Teller. Die Bettdecke rutschte von ihrem Oberkörper, und ich schielte, während ich auch aß, zu ihrem BH. Weiß, durchbrochen und mit Spitze. Sicher hatte den auch ihr Opa durch die Grenzkontrollen gebracht.

„Willst du?" Ich reichte ihr die Limonadenflasche. „Passt zwar alles nicht so richtig zusammen, aber immerhin!" Sie trank in kleinen Schlucken und hielt mir dann die Flasche wieder hin. Ich griff zu, da zog sie sie ein Stück zurück. Irritiert fasste ich noch mal zu, und wieder verfehlte ich die Flasche. Dabei hatte ich mich schon ziemlich weit vorbeugen müssen, und mit einem unerwarteten Ruck zog Frauke mich ins Bett. Irgendwie gelang es ihr wohl, die offene Flasche noch neben dem Bett abzustellen, dann küsste sie mich drängend und zerrte dabei meinen Pulli nach oben. Ich hob die Arme auf wie ein gehorsames

Kleinkind, das seiner Mutter beim Ausziehen behilflich sein will, und der Moment, als mir das Kleidungsstück kurzzeitig die Sicht nahm, war mir doch ziemlich peinlich. Ich drehte mich weg, streifte meine Hosen ab und kroch rasch zu Frauke unter die Decke. Ob sie merkte, dass ich nicht zum ersten Mal in meinem Leben einen BH-Verschluss öffnete? Rein funktional kannte ich mich nämlich aus. Vor zwei Jahren schon hatte ich heimlich an Mutters Büstenhaltern in der Wäschetruhe geübt. Allerdings war ich mir jetzt nicht mehr sicher, ob dieser Vorlauf etwas brachte. Vielleicht waren die Verschlüsse an West-BHs auch anders konstruiert, es dauerte jedenfalls eine ganze Weile, und das war wohl auch gut so. Ich musste mich nämlich so konzentrieren, dass trotz des in ihm pochenden Pulses mein Glied nicht die Oberhand gewann.

„Tom, Lieber", flüsterte Frauke heiser, stemmte sich plötzlich hoch und drückte mich mit dem Rücken aufs Bett. Ihre Brüste hingen dicht vor meinem Gesicht, und nun zuckte es heftig in meinem Unterleib. Langsam und sacht legte sich Frauke auf mir ab, als wolle sie mich abschirmen von der doofen Welt.

„Ich werde jetzt aber nicht mit dir schlafen, hörst du, Tom."

Sie atmete laut an meinem rechten Ohr, aber ich hatte mich leider nicht verhört. Dann küsste sie meinen Hals und sagte zwischendurch: „Glaubst du mir trotzdem, dass ich dich gern hab? Vielleicht bist du ja dann mal der Erste, hörst du?"

Sie kam wieder hoch und blickte mir aufmerksam ins Gesicht. Ich verdrehte die Augen und seufzte gequält, und

Frauke kicherte glucksend. „Los, mach mit, du Stockfisch!" Ich küsste ihre Brüste und ließ ihren Händen freien Lauf. Viel war da gar nicht mehr nötig, leider. Als es mir kam und ich trotz meiner Scham wohlig stöhnte, lachte Frauke leise. „Ich habe dich wohl ziemlich in der Hand, was?", sagte sie verschmitzt, und ich drückte mein Gesicht schniefend in ihre Halswölbung, weil sie nicht sehen sollte, wie rot ich geworden war. So schliefen wir ein.

Maikel sah schlimm aus. Seine Locken waren verfilzt, die Augen hatten dunkle Ränder und wirkten wie schwarze Löcher, von denen Schmittchen in Astro begeistert getönt hatte: Sie gäben nichts wieder her, saugten alles in sich hinein, alle Materie und selbst das Licht. Ich hatte schon damals ein ungutes Gefühl bei seiner Schilderung gehabt, und als ich Maikel so vor meinem Bett sitzen sah, fand ich meine Befürchtungen bestätigt. Er war ein kaum getarntes Vakuum. Wie lange saß er wohl schon dort? Ich hatte eben die Augen aufgeschlagen, mein Arm tat mir weh, weil Frauke darauf lag. Im Zimmer war es hell. Draußen schien wohl sogar die Sonne.

„Hey, Alter", sagte Maikel leise. „Wollte euch nicht wecken. Ihr seht so süß aus, Mann. Schade, dass ich nicht dabei war gestern. So leicht hättest du sie dann nicht ins Bett gekriegt, das sag ich dir!"

Mir war traurig zu Mute, und ich konnte nichts erwidern, starrte nur in Maikels Leere. Wenn wenigstens seine linke Augenbraue hochgerutscht wäre.

„Die haben Markus echt am Arsch", sagte er jetzt müde. „Der Idiot wollte direkt zu Willy Brandt spazieren, wenn der herkommt, und ihn um Hilfe bitten gegen seine

Einberufung. Hat wohl auch so noch einiges aufgeschrieben über DDR und Kirche und dann einfach alles losgeschickt. Ans Kanzleramt oder die Botschaft oder was weiß denn ich. Muss ein dickes Pamphlet geworden sein, viele tolle Zitate und so – na, du kennst ihn ja. Und er war so dumm, das alles seinem Kumpel Robby im Ko-Ca zu erzählen. Da konnte der nicht anders als seinen Spot anzuschalten und sich die Silberlinge zu verdienen."

„Und du?", fragte ich leise. „Ich meine, was haben sie mit dir gemacht?"

„Ach" – Maikel winkte ab, stand dann aber doch auf vor Erregung – „die haben tatsächlich unsere blöde *BRAVO*-Geschichte vorgezerrt und dann die FDJ und so weiter. Der Bericht von der Schulleitung lag auch schon da, aber das war alles nicht so ernst, glaub ich. Wenn Mutter und ich nicht selbst hingegangen wären, hätten sie uns zufriedengelassen. Die wollten meinen großen Bruder, das ist klar."

Frauke drehte sich plötzlich herum, stützte sich hoch und blinzelte über mich hinweg. Ich zog erleichtert meinen Arm unter ihr hervor.

„Glaubt ihr da echt noch dran, dass die die *Hollies* hier spielen lassen?!" fragte sie, und es klang nicht mal wie eine Frage.

„Morgen, Frauke", sagte Maikel und ließ sich einfach zwischen uns aufs Bett fallen. „Frag mich morgen nochmal."

Wir hielten ihn beide im Arm, und ich spürte an seinem zuckenden Körper, dass er heftig weinte.

XXIX

Bis der Sonntagsbus in die lange Gerade einbog, an deren Ende der Transtedter Kirchturm aus der Senke wuchs, hatte ich es irgendwie vermieden, an zu Hause zu denken. Nun aber wünschte ich mir eine Notbremse. Oder eine Zeitlupe mit Aufzeichnung, wie im Fernsehen. Ich könnte meine Ankunft dann mehrfach wiederholen, so lange, bis alles richtig sein würde. Was konnte daran heute schon richtig sein?

Großvater Johann hatte mich vor ein paar Jahren mit nach Halberstadt genommen zu einem internationalen Fußballspiel. Die DDR-Juniorenauswahl spielte gegen die Ungarn. Ich war zehn oder elf und konnte zwischen den vielen Leuten kaum etwas sehen auf dem Rasen. Das war ziemlich langweilig. Als schließlich – wie ich am Gejohle der Zuschauer erkannte – ein Tor gefallen sein musste, verlangte ich von Großvater die Wiederholung zu sehen. Der hatte zuerst losgelacht und mir dann, als er meine Enttäuschung sah, gesagt, das wirkliche Leben sei immer nur ein Mal. Ein einziges Mal! Und dabei war er ganz ernst geworden.

Der Bus bremste extra für mich an der Haltestelle vor der stillgelegten Dampfmolkerei. Er hielt hier heute für mich nur ein einziges Mal. Es war das wirkliche Leben.

Vor unserem Haus stand ein ziemlich neuer Wartburg. Er war sandfarben, nicht grau wie der von Felix Schramm. Aber was sollte Schrammi auch hier.

Als ich den Flur betrat, hörte ich Großvater im Obergeschoß hin und her wandern. Er tat das manchmal, wenn er über etwas nachdachte. Vielleicht hielt er auch der

Großmutter einen Vortrag, denn ich glaubte sein Gemurmel zu hören.

„Mertin, Thomas?" fragte eine mühsam auf leise gedrehte Stimme aus dem Wohnzimmer heraus in den dunklen Flur, in dem ich mir ruhig die Schuhe auszog. Ich stieg langsam in die Schlappen, hängte meine Jacke an den Haken und stellte den Beutel mit den Tonbändern, die ich zu Franzheinrichs Geburtstagsfete mitgenommen, jedoch nicht abgespielt hatte, an die Seite. Dann ging ich hinüber in die Küche, um mir die Hände zu waschen.

„Herr Mertin?!" Die Stimme klang jetzt heftiger, und das freute mich. Ich drehte den Wasserhahn auf und trank auch gleich noch einen Schluck. Als ich mir den Mund mit dem Handtuch abwischte, stand er hinter mir, brüllte „Mertin, hören Sie nicht, Mann?!" und packte mich am Handgelenk. Hinter ihm erschien jetzt meine Mutter und schaute mit kleinen, roten Augen hilflos zu, wie er mich ins Wohnzimmer führte.

„Guten Tag alle miteinander", sagte ich freundlich und setzte mich auf einen Stuhl, der schon für mich bereitstand. Vater saß aufrecht daneben und hatte seinen Gehstock dabei. Ihm gegenüber der Begleiter meines alten Bekannten. Allerdings war es nicht der, der in unserem Direktorat das Gleichgewicht verloren hatte. Ach ja, der hatte ja außerdem im Ko-Ca dabeigesessen. Da war er jetzt wohl mit Markus beschäftigt. Mutter setzte sich hinter uns in ihren Sessel.

„Wo kommen Sie denn jetzt her, Herr Mertin?" Er hatte sich und seine Stimme wieder gut im Griff.

„Vom Bus", sagte ich und schaute ihn offen an. Sein Mund zuckte.

„Ich meine ...", zischte er.

„Dann sagen Sie es doch", erwiderte ich. Mein Herz raste, und meine Finger umspannten meine Knie, damit die Hände nicht zitterten.

„Also, ich war beim Geburtstag im Nachbardorf. Beim Sohn des LPG-Vorsitzenden. Nun bin ich wieder da. Und?"

„Sie sind letzte Nacht durch eine Streife am Busbahnhof Halberstadt aufgegriffen worden, mit einer jungen Frau!"

„Aufgegriffen?" Ich musste lachen. „Wie bin ich da wohl wieder entkommen, was?"

„Er hat doch dort eine Wohnung", sagte meine Mutter leise aus dem Hintergrund. „Eine Nebenwohnung bei Frau Pastorin Lohmann-Kirszenstein."

Beim Hören des Namens verzog er das Gesicht, als habe er unversehens auf etwas Hartes gebissen. „Ja, ja, ich weiß", schnarrte er.

„Komisch", sagte ich, „Sie wissen immer alles. Und trotzdem wird ständig gefragt."

„Also gut, jetzt zu Ihnen", sagte er, als sei es bis eben um etwas ganz anderes gegangen. „Sie wissen, dass Ihr Bruder Mertin, Jochen unsere Republik verraten hat?!"

Ich hielt seinem Blick regungslos stand.

„Wir sind offiziell informiert worden, dass ein gewisser Mertin, Jochen, von einem Landgang im Hafen Hamburg nicht an Bord seines Schiffes zurückgekehrt ist. Es besteht weiterhin der Verdacht auf ein Devisenvergehen, denn er hat offenbar größere Mengen Valuta mit sich geführt."

Die Stimme war jetzt in ihrem Element und klang regelrecht maschinell. „Hatten Sie Kenntnis von der Absicht Ihres Bruders?"

Ich lächelte leicht und sagte wahrheitsgemäß „Nein!"

„Wir wissen, dass Ihr Bruder Sie am Dienstag früh vor der Schule aufgesucht hat. Was wollte er dort?"

Natürlich war mir das Ganze längst unheimlich. Die hatten ihre Augen und Ohren wohl wirklich überall. Und doch hatte ich wieder das sichere, zugleich aber beunruhigende Gefühl, das werde alles an mir vorübergehen. Ahasver schaut lediglich zu. Ihm geschieht nichts, doch er greift auch nicht ein. Doppelter Segen, doppelte Schuld?

„Er hatte noch Zeit, bis sein Zug fuhr. Da wollte er sich verabschieden. Mehr war nicht, ehrlich!"

„Da ist doch nichts dabei, dass sein Bruder sich von ihm verabschiedet", sagte meine Mutter leise. „Das ist doch normal, oder?"

Die Männer nickten sich zu. Ich hätte ihnen sagen können, dass genau das eben nicht normal gewesen ist zwischen uns Brüdern. Doch was hätte es gebracht? Ich hatte ja wirklich nicht geahnt, warum Jochen noch mal so dicht an mich herangekommen war. Woher kriege ich nun meine *Kinks*-Schallplatte, dachte ich.

„Bitte lesen Sie sich das hier genau durch und unterschreiben Sie dann links unten, Herr Mertin!"

Mein Vater zuckte zusammen, doch er war nicht gemeint. Ich nahm das Blatt vom Tisch und las. Es war eine Erklärung, in der ich mich von meinem Bruder distanzierte und versicherte, nichts von seinen Fluchtplänen gewusst zu haben. Ich würde jegliche Kontaktaufnahme verweigern, hieß es weiter, und diesbezügliche Versuche meines Bruders unverzüglich den zuständigen Organen der Deutschen Demokratischen Republik zur Kenntnis geben.

„Was passiert, wenn ich das nicht unterschreibe?", fragte ich.

„Thomas!" sagte mein Vater scharf, und Mutter ergänzte: „Junge, überleg doch. Wir mussten das auch erklären, es geht schließlich um unsere Zukunft. Mit dem Laden und allem."

„Er hat niemandem von uns etwas gesagt", sagte Vater bitter. „Er hat sich entschieden. Er ist erwachsen. Jeder muss wissen, was er tut!"

Ich griff nach dem Kugelschreiber.

„Sie wollen in unserem Staat ein Abitur machen und studieren, Herr Mertin. Ich gehe doch Recht in der Annahme, dass Sie das wollen?" Tatsächlich, auf den ersten Blick wirkte der Mann noch immer sehr sympathisch. Wie ein guter Ratgeber. Er war nur wenig älter als Jochen und Markus. Jetzt lächelte er sogar leicht. „Sie werden verstehen, dass unser Staat dafür auch etwas erwarten darf."

Ich verstand. Man muss ja nicht alles gut finden, was man versteht, dachte ich, als ich meinen Namen unter den

Text setzte. Meine Eltern atmeten hörbar auf. Wahrscheinlich standen sie wirklich ganz schön unter Druck, gerade jetzt, wo mit dem Konsum als Partner die Weichen in eine rosige Zukunft gestellt worden waren.

„Kann ich dann gehen?" fragte ich.

„Danke, wir gehen schon." Die beiden Männer erhoben sich. Für einen Moment schien es fast, als wollte mir der eine die Hand zum Abschied reichen, doch dann sah er meinen Blick und unterließ es. „Bitte seien Sie also kooperativ", sagte der andere im Hinausgehen. Ich trat ans Fenster. Sie stiegen in den Wartburg, ohne sich umzudrehen. Die Scheiben dämpften das Motorgeräusch des abfahrenden Wagens, doch die stinkenden Abgaswolken hielten sich noch immer in der kalten Luft, als ich eine Weile später vor die Tür trat.

Ich ging am alten Friedhof vorbei und bog in den Feldweg ein, der einen Hügel hinaufführte, hinter dem das Brockenmassiv stechend weiß in der Wintersonne aufleuchteten. Von dort her wehte ein frischer Wind. Der Matsch saugte an meinen Turnschuhen.

Ansonsten war alles an mir vorüber gegangen.

XXX

Markus ist nur wenige Tage, nachdem der westdeutsche Kanzler Willy Brandt aus einem Erfurter Hotelfenster jubelnden DDR-Bürgern huldvoll zugewinkt hat, aus der U-Haft entlassen worden. Dass ein langer amerikanischer Arm daran mitgewirkt haben könnte, gilt als unwahrscheinlich. Markus hat danach kaum noch geredet, wenig gegessen, nichts mehr geschrieben. Er hat nur geraucht und viel Rotwein getrunken. Im Sommer 1970 wurde in der DDR überraschend ein Gesetz erlassen, wonach der Ehrendienst bei der NVA in Ausnahmefällen auch ohne Waffe möglich sei, doch Markus verweigerte auch die Spatentruppe. Ein Jahr später ist er ums Leben gekommen, bei einem Unfall. Er sei im Suff unter eine Straßenbahn geraten, hieß es.

Maikel ist nach der zehnten Klasse von der Penne abgegangen. Er hat am Konservatorium einen Abschluss als Musiker gemacht, in Leipzig und Berlin in verschiedenen Bluesbands gespielt und nach Biermanns Ausbürgerung einen Ausreiseantrag gestellt. Auf Platten und CD's finde ich heute unter den Studiomusikern manchmal seinen Namen. Ein FDJ-Hemd hat er meines Wissens nie getragen.

Jochen ist dann gleich weiter und nach Kanada ausgewandert. Auf den Fotos steht er wie ein riesiger, bärtiger Bär, der in ein rotkariertes Hemd gezwängt wurde, mit einer asiatisch aussehenden Frau unter mächtigen Bäumen und grinst kantig. Es gibt auch einige Kinder auf den Bildern. Ich habe kein Interesse, ihn zu treffen.

Mein Vater hat im Dorf den Bau der ersten Kaufhalle angeregt. Er ist deren Leiter geworden, und Mutter hockte immer hinter der Kasse. Heute sind sie Rentner. Die Großeltern sind zwischendurch so unauffällig gestorben, als hätte ich sie nur mal eben aus den Augen verloren, und die Kaufhalle heißt jetzt Super-Markt, hat eine kaputte Leuchtreklame und ist schon lange geschlossen. Super!

Die *Charisma-Combo* hat es nie bis auf eine Bühne geschafft. Wir haben noch ein paar Mal lustlos geprobt, dann war die Luft raus.

Frauke? Ich wurde nicht ihr Erster. Wir sind aber noch bis zu den Sommerferien miteinander gegangen. Danach musste ich ja wieder jeden Tag von der Schule nach Hause fahren. Und irgendwie war es plötzlich öde, immer mit demselben Mädchen zu reden und so. Ich dachte, ich wollte auch mehr Zeit haben zum Gitarre spielen, zum Schreiben, zum Träumen. Gott, ist man blöd!

Die *Hollies* haben nie in der DDR gespielt.

Große Brüder werfen lange Schatten –
der Soundtrack des Buches:

Animals: San Franciscan Night | Sky Pilot

Joan Baez: Blowin' In The Wind

The Beatles: Hey, Jude | Ob-la-di Ob-la-da

Cream: In A White Room | Sunshine Of Your Love

Jimi Hendrix: Hey Joe | Purple Haze | The Wind Cries Mary

The Hollies: Blowin' In The Wind | Bus Stop | Carrie Anne | He Ain't Heavy, He's My Brother | Jennifer Eccles | On A Carousel | Stop, Stop, Stop

The Kinks: Lola | You Really Got Me

The Lords: Poor Boy

The Mamas & The Papas: Monday, Monday

The McCoys: Hang On, Sloopy

Procol Harum: A Whiter Shade Of Pale

The Rolling Stones: Jumpin' Jack Flash | The Last Time | Heart Of Stone | Street Fightin' Man | Mother's Little Helper

Steppenwolf: Magic Carpet Ride | Born To Be Wild

The Troggs: I Can't Control Myself

The Who: I'm Free | Pinball Wizard | See Me, Feel Me

Erwähnung finden weiterhin:

Die Roten Gitarren, Dina Straat & Dresden-Sextett, Thomas Natschinski, Horst Krüger, Joco-Dev-Sextett, Freddy Quinn, Andy Kim/Archies, Little Richard, Elvis Presley, Tommy Roe, Buddy Holly, Peter Kraus

Der Autor:

Paul D. Bartsch, geboren 1954 in Wernigerode. Nach dem Abitur abgebrochenes Studium des Bauingenieurwesens in Weimar, danach Hilfsarbeiter in der Holzindustrie und Armeedienst. Ab 1976 Pädagogikstudium an der Universität Halle, 1980 Diplom. Freiberufliche Tätigkeit als Musiker, ab 1984 Aspirant am Germanistischen Institut der Universität Halle, 1988 Promotion zum Dr. phil., danach wissenschaftlicher Assistent. Ab 1991 Medienpädagoge am Pädagogischen Landesinstitut Sachsen-Anhalt, 2009 Berufung zum Professor für Erziehungswissenschaft, Kindheit und Medien an die Hochschule Merseburg (seit 2020 im Ruhestand). Seit 1992 freiberuflich als Journalist für den MDR tätig. Zudem seit seiner Jugend musikalisch aktiv; seit 1990 zahlreiche Tonträgerveröffentlichungen mit eigenen Liedern (seit 2003 mit eigener Band). Daneben mehrere Buchveröffentlichungen.

Paul Bartsch ist seit 1978 verheiratet und lebt mit seiner Familie in Halle (Saale).

Weitere Informationen finden Sie hier:
www.zirkustiger.de

Paul Bartsch: LiveRillen
Konzerte aus sechs Jahrzehnten
Rockmusikgeschichte – direkt
vom Plattenteller abgedreht

5 Bände (Stand 2023),
erschienen bei **Books on Demand Norderstedt** und erhält-
lich im **Buchhandel** oder unter
www.bod.de/buchshop/

Seit dem Frühjahr 2018 gestaltet der in Halle (Saale) le-
bende Literaturwissenschaftler, Autor und Liedermacher
Paul Bartsch die monatliche Radiosendung „LiveRillen"
auf Radio Corax (> https://radiocorax.de, jeweils am ersten Freitag des Monats von 16 bis 18 Uhr), in der er aus-
gewählte Ausschnitte aus Konzert-LPs und Live-Alben
direkt vom Plattenteller serviert und kommentiert.

Die mit viel Liebe zum Detail ausgearbeiteten Sendungs-
manuskripte bilden die Grundlage für diese originelle
Buchreihe – ein unterhaltsames Lesevergnügen für all
jene, die Freude an guter Musik haben und mehr über deren Hintergründe und Protagonisten erfahren wollen.

Die Palette der Themen reicht von „Dylan – (fast) ohne
Bob" über „Deep Purple – die Grundfarbe des Hard-
rock" oder „50 Jahre Woodstock" bis zu „Bob Marley &
Reggae", „Neil Young – eine Legende wird 75" oder
„Ein letzter Walzer zum Abschied von The Band" (mit
viel Drumherum und Dazwischen)!

Eine klingende Zeitgeschichte voller Erinnerungen!

Paul Bartsch & Band: STADTMUSIKANTEN … stimmen ihre alten Lieder an!

Seit gut zwanzig Jahren sind der hallesche Liedermacher Paul Bartsch und seine musikalischen Begleiter nun gemeinsam unterwegs. Im Sommer 2003 erschien mit „Bruchpiloten" ihre erste CD. „Geradlinig, druckvoll und schnörkellos", urteilte die Presse seinerzeit über die „Titel mit Ohrwurmcharakter und auch inhaltlich auf hohem Niveau". Diesem Anspruch wird auch die aktuelle Doppel-CD „STADTMUSIKANTEN … stimmen ihre alten Lieder an!", die eine Auswahl von 38 Titeln dieser zwei Jahrzehnte Lied & Chanson bietet, absolut gerecht. Und als Bühne muss es für die STADTMUSIKANTEN keineswegs immer die schöne Stadt Bremen sein.

Als Generationsgefährte von Gundermann und Wenzel und aufgewachsen mit den aufmüpfigen Songs der Gruppe Renft, legt Paul Bartsch mit seinen Liedern den Finger in die Wunden unserer Zeit, ohne auf poetische Melancholie und trotzigen Optimismus zu verzichten. Deutliche Worte zu einem frischen Mix aus Folk, Rock, Blues und Chanson, um die Welt ein wenig heller, freundlicher und wärmer zu machen.

Die Doppel-CD ist 2023 auf dem Münchener ZOUNDR-Label erschienen und kostet 12,00 Euro.

https://www.zirkustiger.de/shop.html